VLM

„Erzählet unter den Heiden seine Herrlichkeit und unter allen Völkern seine Wunder."
1. Chronik 16, 24

„Verkündiget sein Tun unter den Völkern! . . .
Redet von allen seinen Wundern!"
Psalm 105, 1. 2

Elisabeth Seiler

Tut seine Wunder kund

Erlebnisse einer Chinamissionarin (II)
Bearbeitet von Erich Mauerhofer

Verlag der
Liebenzeller Mission
Lahr

ISBN 3 921113 24 5

10. Taschenbuchauflage 1997
75.–76. Tausend der Gesamtauflage

Umschlagzeichnung: Franz Reins
Gesamtherstellung:
St.-Johannis-Druckerei, 77922 Lahr
Printed in Germany 12979/1997

Inhalt

Dienst in China – Allerlei Erlebnisse aus Stations- und Reisedienst

Das Versöhnungsmahl

„Denn so ihr den Menschen ihre Fehler vergebet, so wird euch euer himmlischer Vater auch vergeben" (Matth. 6, 14).

Einmal, als ich an einer Frauenbibelwoche diente, fiel mir eine blinde Frau besonders auf. Ich beobachtete, daß sie auf jeden Schritt der eintretenden Frauen, die sie offensichtlich alle unterscheiden konnte, achtete. Trat eine bestimmte Frau in den Raum und setzte sich in die Nähe der Blinden, dann rutschte diese aus der betreffenden Bankreihe heraus und setzte sich anderswo hin. Als ich das sah, dachte ich, irgend etwas stimme nicht zwischen den beiden Frauen. Am nächsten Tag sprach ich vom Vergeben und Versöhnen und beobachtete an der Blinden, daß sie vom gepredigten Wort getroffen wurde. Nach der Versammlung hörte ich, daß sie sich bei den andern nach einer Frau erkundigte. Die gesuchte und mir bereits bekannte Frau trat zu der Blinden. Sofort begann diese: „Ich muß etwas reden mit dir. Ich habe dich nicht lieb gehabt. Ich bin dir immer ausgewichen, wenn du gekommen bist, auch jetzt in den Versammlungen. Ich muß mich schämen und beugen und möchte dich bitten, mir zu vergeben, daß ich dich so gehaßt habe." Darauf antwortete die andere Frau ganz gerührt: „Ich war leider auch nicht immer lieb zu dir. Kannst du mir vergeben?"

So haben sich die beiden Frauen ausgesöhnt. Ich hörte die Blinde noch anfügen: „Ich will das nie mehr tun und bitte dich, mir zu sagen, ob du mir wirklich von ganzem Herzen vergeben hast." Die Angeredete bestätigte das der Blinden von Herzen. Darauf hörte ich etwas, was ich zum erstenmal zu Ohren bekam in China. Die Blinde sagte nämlich: „Bitte, komm heute abend zu mir zum Abendbrot." – „Ach", dachte ich für mich, „gibt's da wohl ein Festessen?" — Die andere willigte ein, und damit verließen sie den Raum.

Ich erkundigte mich darauf, was es mit diesem Essen für eine Bewandtnis habe. Ob es da etwas Besonderes gebe? Die Frau, die mir's erklärte, lachte und antwortete: „Beim Versöhnungsmahl gibt es Nudeln in einer Brühe. Wenn die Versöhnung echt ist, dann kommt diejenige, die um Verzeihung gebeten wurde, zur anderen zum Abendbrot; dann essen beide aus der gleichen Schüssel, bis sie leer ist." — „Ach", dachte ich, „dieses Versöhnungsmahl sollte man in der Heimat auch einführen können." Ich stellte mir vor, wie es mir zumute sein müßte bei einer Schüssel mit Nudeln und Brühe, wenn ich nicht vergeben hätte. Ich weiß nicht, ob ich da die Nudeln schlucken könnte; ich glaube, sie blieben mir im Hals stecken. — Das Versöhnungsmahl setzt also ein ganzes Vergeben voraus!

Am andern Tag kamen die beiden Christenfrauen strahlend zur Versammlung und setzten sich nebeneinander hin.

So durften wir manche Freude erleben. Es ist so, wie Gott durch Jesaja sagt: „... also soll das Wort, so aus meinem Munde geht, auch sein. Es soll nicht wieder zu mir leer kommen, sondern tun, was mir gefällt, und soll ihm gelingen, wozu ich's sende" (Jes. 55, 11). Dem Herrn sei Lob und Dank, daß sein teures Wort auch an den beiden Frauen seinen heiligen Willen ausgerichtet hat.

20 Jahre Christin und keinen Frieden!

„So wir aber unsere Sünden bekennen, so ist er treu und gerecht, daß er uns die Sünde vergibt und reinigt uns von aller Untugend" (1. Joh. 1, 9).

Als ich nach China kam, fiel mir schon bald eine noch junge Frau auf, die oft betete in der Versammlung und als brave Christin galt. Es bemächtigte sich meiner immer ein ganz seltsames Gefühl, wenn ich sie sah, so als ob irgend etwas mit ihr nicht stimme. In ihrem Ausdruck lag etwas Finsteres, ja sogar Unheimliches. Ob sie von einer verborgenen Last so schwer gedrückt wurde? Immer, wenn man sie fragte, wie es ihr gehe, antwortete sie, es gehe ihr gut und sie sei glücklich. Jahre vergingen, ohne daß sich irgend etwas geändert hätte. Eines Tages kam sie ganz freudig zu mir und sagte: „Missionarin, ich möchte gerne deine Bibelfrau werden." Ich hielt dazumal gerade eine Bibelwoche und sagte ihr: „Bitte, bleib mal zur Bibelwoche hier, und dann wollen wir nachher miteinander reden über das, was du erbeten hast." So blieb sie also da. Ich kam im Laufe der Zeit auch auf verheimlichte Sünden zu reden und fühlte mich innerlich gedrungen, in diesem Zusammenhang der jungen Frau ganz plötzlich zu sagen: „Du hast auch keinen Frieden." — Weil diese Botschaft so unmittelbar und direkt ihr Herz erreichte, antwortete sie unter Tränen: „Nein, ich habe keinen Frieden. Darf ich zu dir kommen?" Gerne sagte ich zu, und bald saßen wir in meinem Zimmer einander gegenüber. Sie konnte nichts sagen, nur bitterlich weinen. Und ich weinte mit ihr. Die Last, von der die arme Frau so schwer niedergedrückt wurde, war geradezu spürbar. Als sie nach langem aufhörte zu weinen, fragte ich sie: „Sag mal, du hast keinen Frieden? Hast du denn deine Sünden nicht bekannt, bevor du getauft wurdest?" — Unsere Chinesen wußten, daß ohne Sündenbekenntnis niemand getauft wurde. Sie taten es sogar unaufgefordert. Sie wünschten nichts so sehr, wie frei zu werden von der Last ihrer Sünden.

So antwortete mir die Frau: „Doch, ich habe meine Sünden bekannt." — „Hast du wirklich deine Sünden bekannt?" drang ich in sie. — „Ja", gab sie zur Antwort. Da dachte ich bei mir selbst: „Warum weinst du denn so sehr und was fehlt dir, wenn du doch deine Sünden bekannst hast?" Nochmals fragte ich sie ganz ernst: „Hast du wirklich *alle* deine Sünden bekannt, oder hast du etwas verborgen gehalten, das du nicht einmal vor Gott bekannt hast?" Sie beharrte darauf, alle Sünden bekannt zu haben. Sobald ich aber eine gewisse Unsicherheit bemerkte, gab ich nicht mehr nach und drang in sie, bis es aus ihr herausbrach: „Ich habe alle Sünden bekannt *bis auf eine.*" Ich konnte mir nun leicht vorstellen, daß diese verschwiegene Sünde die schwerste sein mußte, die sie begangen hatte, daß sie sie nicht hatte bekennen können. So ging also die arme Frau 20 Jahre gedrückt umher. Sie war eine Christin und hatte doch keinen Frieden. Welch qualvolles Leben!

Nun kam ein Bekenntnis, das so schwer war, daß ich am ganzen Leibe zitterte. Jetzt konnte ich begreifen, warum die arme Christin sich nicht getraut hatte, diese Sünde herauszugeben. Gott sei Lob und Dank, daß sie sich nun endlich zum offenen Bekenntnis durchringen konnte. Als sie erschöpft schwieg, betete ich und dankte dem Heiland, daß er eine volle Erlösung für sie hatte. Dann betete sie auch, und während sie betete — ich wußte gar nicht, wie mir geschah —, erfüllte plötzlich die Herrlichkeit Gottes das Zimmer. Die Gegenwart des Herrn war so mächtig, daß ich vor Ehrfurcht auf mein Angesicht fiel. Als ich mich nach der betenden Frau umsah, wurde ich gewahr, daß sie übers ganze Gesicht strahlte und so verklärt aussah, als wolle sie von der Erde Abschied nehmen. Es war Gottes Antwort auf das Bekenntnis; es war der Friedensgruß des Heilandes. Ich konnte nur noch danken, loben, preisen, jauchzen und jubeln, von heiliger Freude erfüllt. Der Frau und mir liefen Tränen der Dankbarkeit über die Wangen.

Freude, Freude über Freude,
Jesus wehret allem Leide.
Wonne, Wonne über Wonne,
Jesus ist die Gnadensonne!

So hat also der Herr eingegriffen, nachdem die Seele der armen Frau 20 Jahre lang keinen Frieden gefunden hatte.

Als die glückliche Frau ihr Gebet beendet hatte, sagte ich zu ihr: „Jetzt kannst du meine Bibelfrau werden, und ich freue mich, wenn du mir in meinem Dienst zur Seite stehst." Da fing sie an zu weinen und sagte: „Nein, niemals kann ich deine Bibelfrau werden. Ich war viel zu schlecht und zu böse, ich bin's nicht wert." — „Oh", entgegnete ich, „Jesus hat dir alle deine Sünden vergeben und hat dir deine schwere Last abgenommen. Jetzt, da du frei und glücklich bist und Frieden gefunden hast, kannst du den Leuten sagen, wie man zum Frieden kommt." Vorher, als sie noch mit Sünden belastet war, war sie voller Stolz zu mir gekommen, hatte gesagt: „Ich möchte gerne deine Bibelfrau werden", und nun, da sie Frieden gefunden hatte, fühlte sie sich nicht wert, meine Bibelfrau zu werden. Ich freute mich, sie so demütig zu sehen. In dieser Stellung konnte sie vielen zum Segen werden. So wurde sie meine Bibelfrau. Unwillkürlich kam mir in den Sinn, was Gott durch den Propheten Samuel König Saul mitteilte vom Beginn seines glücklichen Königtums: „Da du klein warst in deinen Augen . . ."

Oh, es lohnt sich, dem Herrn zu dienen unter den Heiden, ihnen zu sagen, daß es eine ewige Erlösung gibt. Gelobt sei Jesus Christus!

Zwei Kleider nach Maß

Einmal sollte ich nach Changsha, der Hauptstadt der Provinz Hunan, gehen, wo unser Arzt wohnte. Nun aber hatte ich gar keine richtigen Kleider mehr, um mich in der Stadt zeigen zu dürfen oder gar beim Arzt zu Tisch zu sitzen, wo sich oft auch wichtige Herrschaften zur Behandlung einfanden. Ich wollte doch niemanden blamieren. Aber nach Hause schreiben um Kleiderstoff war reichlich zu spät, da die Post sechs Wochen für den Hinweg und wieder sechs Wochen für den Rückweg benötigte.

So brachte ich auch dieses Anliegen, wie so manches andere, meinem Heiland dar, der ja meine Gebete stets wunderbar erhörte. Ich klagte ihm: „Lieber Heiland, du siehst, ich brauche dringend zwei neue Kleider: ein Sonntags- und ein Werktagskleid. Sei so gut und hilf mir, daß ich zu diesen Kleidungsstücken komme." Wie er das tun konnte, wußte ich nicht; aber Gott hat ja tausend Mittel und Wege, um zu helfen.

Neben mir im Haus wohnte Schwester Anna Welsch. Sie

sagte eines Tages zu mir: „Du, Elisabeth, sag mal, hast du dein Kleidermaß in Changsha?" Ich erwiderte ganz erstaunt: „O nein, davon weiß ich nichts." — „Denke dir nur", fuhr Schwester Anna fort, „jetzt senden die mir zwei in Auftrag gegebene Kleider, die ich nach *meinen* Maßen bestellt habe; ich würde nichts sagen, wenn sie mich in der Nähstube nicht kennten; aber es weiß doch jedermann, daß ich klein bin. Und nun, stell dir vor, ich weiß also wirklich nicht, was die gedacht haben; jetzt schicken sie mir Kleider für eine lange Dünne. Die kann ich nicht tragen. Würdest du nicht so gut sein und einmal hineinschlüpfen." Ich erwiderte: „Ich hab' zwar keine Kleider bestellt; aber wenn du es wünschst, kann ich sie mal anprobieren."

Welch ein Wunder! Ohne daß jemand in der Schneiderei meine Maße wußte, waren die Kleider gerade wie für mich gemacht. Ich dachte: „Wenn ich da noch den Saum herablasse, dann paßt der Rock wie angegossen!" — „Jetzt siehst du es selbst", sagte die Schwester, „nach meinem Maß machten sie zwei Kleider für dich."

Sofort dachte ich: „Der Herr Jesus hat die Kleider nach meinem Maß machen lassen, ohne daß ich sie bestellt hatte." Deshalb weiß ich, daß ich nie sorgen brauche und nie sorgen darf. Er macht alles wunderbar. Daß er sogar Kleider nach Maß machen kann, hätte ich mir gar nicht gedacht. Nun sagte Schwester Anna: „Du könntest mir einen Gefallen tun. Sieh mal, wie dir die Kleider schön passen. Du könntest sie mir abkaufen, dann kann ich zwei andere bestellen!" Ich jubelte innerlich vor Freude. Eines der Kleider war nämlich aus dunkelblauer Kunstseide mit weißen Spitzen, etwas lieblich Schönes. Das andere war ein braunes Kattunkleid, auch mit kleinen, zierlichen Mustern versehen. Beide Kleider waren gerade das, was ich mir wünschte: ein Sonntagskleid und ein Werktagskleid, wie ich sie mir nicht schöner hätte vorstellen können.

Einige Tage vorher hatte ich gerade von irgendwoher Geld erhalten; wofür wußte ich allerdings nicht. Nun war mir's klar. „Was kosten denn die Kleider?" fragte ich. Als die

Schwester den Preis nannte, war es gerade soviel, wie ich erhalten hatte. Wie groß war meine Freude, des Herrn Hand in dieser Führung zu sehen. Er hat mir immer dargereicht, was ich gerade benötigte. Nie zuviel und nie zuwenig!

So brauchte sich also der Herr Doktor in Changsha nicht zu blamieren mit mir. Das hat der Herr getan. Wunderbar ist sein Name. Ihm sei Dank und Anbetung!

Das Krüppelmädchen und die Lahme

„Kommet her zu mir alle, die ihr mühselig und beladen seid, ich will euch erquicken" (Matth. 11, 28).

Eines Tages kam ein armes, verkrüppeltes Mädchen zu uns in die Evangeliumshalle. Ihr Gesicht sah sehr lieblich aus, aber leider war sie von den Knien an abwärts verkrüppelt. Wir sahen, daß sie sich nur kniend vorwärts bewegen konnte. Zu diesem Zweck trug sie auf der Beinunterseite eine Lederhaut, da sie an ihren verdrehten, nach oben gerichteten Füßen keine Schuhe tragen konnte. Unser Herz hatte sich bereits weit geöffnet für das nette und doch so arme Mädchen. Wir fragten sie: „Kannst du auf einem Stuhl sitzen?" — „Ach nein", antwortete sie, „nur auf einem Schemel." Sofort holten wir ihr einen solchen herbei. Als sie so auf dem Schemel saß, mußten viele, die in der Halle waren, aus Teilnahme weinen.

Das Mädchen kam aus dem Armenhaus der Stadt, wo noch viele Lahme und Behinderte ihr Dasein fristen mußten. So kam denn nun das verkrüppelte Mädchen unter größten Anstrengungen etliche Male in die Halle und wurde gläubig.

Man konnte die Veränderung in ihrem ohnehin schon feinen Gesicht mit ansehen. Sie strahlte förmlich vor Glück und Freude, trotzdem sie einen so gebrechlichen Körper hatte und viel ausgelacht wurde.

Mit großer Freude kam sie wieder und wieder zu den Versammlungen und grüßte alle Anwesenden herzlich mit dem

Gruß: „Ping-an“, das heißt soviel wie „Frieden“ oder „ich wünsche dir Frieden“.

Wir konnten uns oft unserer Tränen nicht erwehren, wenn wir sie kommen sahen und sie grüßen hörten. — Wir erfuhren, daß sie schon über 20 Jahre alt war.

Sie gewann ihren Heiland immer lieber und vertraute ihm kindlich. Ihr heimlicher Wunsch war nun, sich möglichst bald taufen lassen zu dürfen.

Die „Taufprüfung“ für Frauen fand meist am Freitag vor der bevorstehenden Taufe statt. Da erschien plötzlich auch das Krüppelmädchen und sagte fröhlich: „Ich komme auch mit zur Prüfung, weil ich nächsten Sonntag gerne getauft würde.“

Wir kannten das Mädchen schon ein wenig, aber wir wußten nicht, ob es imstande sei, die gestellten Fragen richtig zu beantworten. So wurde sie denn zusammen mit den andern Bewerberinnen von den Missionsleuten, den Predigern und Bibelfrauen geprüft. — Die meisten gläubigen Chinesenfrauen gaben ihre Antworten mit so großer Freudigkeit, daß es mehr an einen Jubel erinnerte als an eine Prüfung. Nie habe ich etwas Ähnliches gehört in der Heimat.

Auf diese Weise beantwortete auch das Mädchen alle gestellten Fragen mit überzeugender Freude, so daß sie die Zusicherung erhielt, am folgenden Sonntag getauft zu werden.

Kaum war das überglückliche Mädchen fort, wurde die Tür geöffnet, und eine Frau, die ein großes Mädchen auf dem Rücken trug, trat ein. Sie setzte das Mädchen auf einen Stuhl vor uns hin. Das Mädchen war so schön, daß wir uns alle verwunderten und fragten: „Wo kommst du her? Wir haben dich noch gar nie gesehen.“ — „Ach“, antwortete sie, „das glaube ich schon. Ich bin lahm und wohne im Armenhaus und konnte nie in die Halle kommen, weil mich jemand hertragen müßte, und es ist ein weiter Weg. Nun aber möchte ich gerne getauft werden nächsten Sonntag.“ Ganz erstaunt erwiderten wir: „Aber wir kennen dich ja gar nicht. Wie sollen wir wissen, ob man dich taufen kann am Sonntag?

Kennst du den Heiland?" Darauf antwortete sie mit einem strahlenden Lächeln: „Ja, ja. Fragt mich nur, was ihr fragen wollt und wissen müßt, ich kenne den Heiland." Der Missionar stellte ihr viele Fragen, und wir waren richtig erstaunt, daß das Mädchen — es war etwa 18 Jahre alt — eine Frage nach der andern im Jubelton beantwortete. Wir mußten weinen vor Freude und Rührung und konnten uns das Wunder gar nicht erklären, wie ein Mensch, der noch nie die Versammlung besucht hatte, so viel über Jesus wissen und ihn so liebhaben konnte. Man merkte ihr an, daß sie ein inniges Verhältnis zu ihrem Heiland und Erlöser hatte.

„Sag mal", fragten wir, „wer hat dir denn von Jesus gesagt? Woher weißt du so viel von ihm?" Sie konnte ja nicht lesen. Die wenigsten, die zu uns kamen, konnten lesen. Im Bibelunterricht lehrten wir sie dann das Lesen. Ganz freudig entgegnete das lahme Mädchen: „Ihr habt doch gewiß das Krüppelmädchen gesehen, das eben hinausgegangen ist. Wir schlafen nebeneinander im Armenhaus. Als sie vor einiger Zeit den Heiland gefunden hat, sagte sie eines Abends zu mir: ‚Ich muß dir von Jesus erzählen. Weißt, ich möchte dich auch gleich mitbringen, wenn ich mich taufen lasse, damit wir zusammen getauft werden können!'

Ich war interessiert, viel von Jesus, den ich noch gar nicht kannte, zu hören. Meine Freundin erzählte mir jede Nacht von ihm, so daß die alten Frauen fragten: ‚Was habt ihr zwei immer zu schwatzen? Wir können ja gar nicht schlafen.' Da besänftigte sie meine Freundin und sagte: ‚Großmütter, seid nur ganz unbesorgt und ruhig und schlaft sanft. Ich erzähle meiner Bettnachbarin vom Herrn Jesus.' Dann hat sie eine Weile allen erzählt. Die alten Frauen waren ganz zufrieden und haben nichts mehr dagegen eingewandt. Sie wußten ja, daß wir beide tagsüber keine Zeit hatten, einander zu erzählen, da das Krüppelmädchen viel arbeiten muß. Sie hat gar flinke und tüchtige Hände und kann allerlei wertvolle Arbeiten verrichten, um sich ihren Aufenthalt im Armenhaus zu verdienen."

Alles, was die junge Lahme von Jesus wußte, hatte sie von

dem treuen, jungen, verkrüppelten Mädchen vernommen. Und so hatte sich das Herz des lahmen Mädchens Jesus geöffnet, angesteckt durch das Glück ihrer Freundin.

Wir konnten gar nichts mehr darauf sagen als: „So Gott will und wir leben, wirst du am Sonntag auch getauft."

Die Taufe der beiden jungen Nachfolgerinnen wurde vom Herrn ganz besonders gesegnet. Ihre strahlenden Angesichter, trotz der großen körperlichen Schwachheit, waren ein gewaltiges Zeugnis. Aufs neue mußten wir uns wundern, was der Herr alles tun kann an Menschen, die ihm ihr Herz weit öffnen.

Durch diese beiden glücklichen Mädchen, denen sich bald noch ein drittes anschloß, wurde uns die Tür zum Armen- und Altersheim der Stadt geöffnet. Wir durften dort Versammlungen halten. Mit großer Freude haben wir den Ausgestoßenen von Jesus erzählt und durften erleben, daß viele von den armen, kranken und alten Menschen Jesus finden durften.

Als an einem der folgenden Sonntage die armen, lahmen, blinden und verkrüppelten glücklichen Menschen aus dem Armenhaus zur Taufe schritten, sagten wir: *„Jetzt kommt des Heilands Hofgesinde."* Viele konnten sich ihrer Freudentränen nicht erwehren; denn es war doch etwas ganz Besonderes, die körperlich behinderten Menschen als leuchtendes Zeugnis vor eine versammelte Gemeinde zu stellen. An ihnen war ein stilles Glück zu erkennen. Die Freude, einen Erretter, einen Erlöser, einen Arzt und Nothelfer gefunden zu haben, war der Grundton der unvergeßlichen Tauffeier. Nie kann ich des Heilands geliebtes Hofgesinde je wieder vergessen.

Gelobt sei Jesus Christus, der uns solche Herrlichkeit geoffenbart hat und uns auch so reiche Frucht der Lippen schenkte. Weiterhin haben wir die offene Tür im Armenhaus fleißig benützt, um noch viele zu Jesus zu führen. Preis sei dem Herrn, unserem Heiland. „Wunderbar sind deine Wege, groß und mächtig und herrlich bist du. Gelobt seist du in Ewigkeit!" Amen.

„Wer Dank opfert, der preiset mich; und da ist der Weg, daß ich ihm zeige das Heil Gottes." Psalm 50, 23

Es war schwere Zeit. Die Kommunisten fielen ins Land, und auch unsere Provinz und Stadt waren bedroht. Bruder Becker war nicht bei uns, versprach uns aber, so rasch als möglich telegrafisch mitzuteilen, was wir tun müßten. Jedenfalls hatten wir Befehl, uns zum Fliehen bereitzumachen, da die 100 Soldaten, die in der Stadt waren, der großen Übermacht niemals gewachsen gewesen wären.

Mit viel Tränen packten wir unsere Koffer und wußten, daß, sofern die Kommunisten die Stadt einnehmen würden und wir fliehen müßten, wir unsere lieben Gläubigen und all unsere Taufbewerber nicht mehr wiedersehen würden auf Erden. Als wir mit Packen fertig waren, warteten wir sehr betrübt auf das versprochene Telegramm. Entweder hieß es, wir müßten sofort fliehen, oder aber, es seien Regierungstruppen unterwegs und wir könnten bleiben. Schwester Anna Welsch, die bei mir war, fragte: „Was sollen wir tun?" Ich konnte ihr keine Antwort geben. So weinten wir eine lange Weile zusammen. Dann sagte ich: „Weißt du, was wir machen? Setz dich ans Harmonium, und dann spielen und singen wir ein Loblied nach dem andern." — „Meinst du, daß wir es fertigbringen zu singen?" fragte die betrübte Schwester. Ich antwortete: „Wir singen unter Tränen; dann wird das Wort wahr, das Asaph gesungen hat: ‚Wer Dank opfert, der preiset mich', und dann wollen wir sehen, wie Gott eingreift."

Schwester Anna setzte sich also ans Harmonium und spielte. Unsere Tränen mengten sich mit den Lobliedern, die wir dem Herrn zur Ehre sangen. Als wir noch am Singen waren, kam das erwartete Telegramm. Was es für uns enthielt, wußten wir nicht, bis wir es mit zitternden Händen geöffnet hatten. Was stand da geschrieben? „Könnt bleiben, Truppen unterwegs."

Die Nachricht, die uns Bruder Becker übermittelte, kam vom Führer des Landes, Tschiangkaischek, selbst, und wir waren beglückt, daß der Herr so rasch und so wunderbar eingegriffen hatte.

Truppen waren im Anzug, um die drohende Gefahr abzuwenden und die wenigen stationierten Soldaten, die ja im Notfall geflohen wären, zu unterstützen.

So kann der Herr Wunder tun. Welche Freude und welcher Trost war es für uns zu sehen, daß wir uns in allen Lagen auf sein Wort verlassen können. Lob und Ehre sei unserem allmächtigen Gott und Vater!

Der Mann mit den beiden Frauen

Suche Jesum und sein Licht;
alles andre hilft dir nicht.

Ich habe einmal einen Besuch gemacht bei einer Familie, deren Hausvater sich für Jesus entschieden hatte. Dieser Mann hatte zwei Frauen. Von der ersten, mit der er schon viele Jahre verheiratet war, hatte er keinen Sohn erhalten. Da es aber für einen Chinesen sehr schwer ist, keinen Namensträger zu haben, heiratete er eine zweite Frau, um von ihr den gewünschten Sohn zu erhalten. — Das wird viel so gemacht bei den Chinesen, und meistens haben die Familienglieder ein schönes Verhältnis untereinander, sofern die beiden Frauen gut miteinander auskommen. Wenn die zweite Frau einen Sohn bekommt, dann muß sie ihn der ersten Frau geben als Entschädigung dafür, daß die erste Frau ihren Mann hat hergeben müssen. Sofern die zweite Frau noch andere Kinder hat, darf sie dieselben selber aufziehen und ihnen Mutter sein.

Nun erzählte mir der gläubige Chinese: „Ich hatte es so schön in meiner Familie, solange ich nur eine Frau hatte. Seit ich aber die zweite Frau habe, ist bei mir die Hölle im Haus. Die beiden Frauen kommen nicht aus miteinander. Was soll ich tun?" Da war guter Rat teuer.

Da es aber diesem Mann ernst war mit seiner Bekehrung, wollte er sich auch taufen lassen. Da sagte ihm der Missionar: „Solange du zwei Frauen hast, kannst du nicht getauft werden." Diese Antwort machte dem Gläubigen sehr zu schaffen. Er hatte beide Frauen lieb, und beide hatten ihn lieb, und doch sollte er eine fortschicken — aber welche?

Er erzählte seinen beiden Frauen von Jesus und lehrte sie von der Bibel her, daß Christus auch ihr Erlöser und Retter sei. Es war sein aufrichtiger Wunsch, sie zu Jesus zu führen. Er erzählte ihnen aber nicht nur vom Heiland der Welt, sondern lebte ihnen auch ein Leben mit Christus vor.

Gott hat ein Wunder an ihnen getan. Beide Frauen wurden gläubig. Jetzt zog Himmelsluft in das Haus ein, und oft fanden sich die Frauen zum gemeinsamen Gebet zusammen.

Eines Tages sagte ihnen der Mann: „Ich möchte mich gerne taufen lassen, um in die Gemeinde aufgenommen zu werden. Jedermann soll wissen, daß ich ein Gotteskind bin. Ich möchte öffentlich bekennen, daß ich dem Heidentum abgesagt habe und nicht mehr heidnisch lebe, sondern so wie es Christus gefällt. Deshalb muß ich nun eine von euch wegschicken." Als die Frauen das hörten, mußten sie fest weinen. Dann schlug der Mann vor, sie wollten miteinander Gottes Angesicht suchen und ihn um Rat fragen. Die erste Frau betete unter Tränen: „Herr, du weißt, daß ich zuerst im Hause war; du kannst mir helfen, daß ich dableiben darf." Die andere Frau betete nicht weniger inbrünstig: „Herr, du weißt, daß ich auch seine Frau bin. Er hat mich geheiratet, und du kannst helfen, daß ich dableiben darf." Zuletzt betete auch der Mann und bat Gott, er möge ihm doch bitte zeigen, welche der beiden Frauen dableiben solle. Er wollte Gott entscheiden lassen. Er hatte ja beide so lieb, daß er sich von keiner trennen wollte.

Nun kam der Tauftag immer näher und damit auch der Tag der Verabschiedung einer der beiden Frauen.

Wieder und wieder suchten sie gemeinsam den Herrn und konnten sich doch nicht entschließen. Zuletzt sagte der Mann:

„Jetzt bleibt mir gar nichts übrig, als daß ich es mache, wie es in der Bibel steht. Wir wollen durchs Los entscheiden, wer von euch beiden dableiben darf." — Nachdem sie nochmals gemeinsam ihre Knie gebeugt hatten, durfte die erste Frau eines der zwei Stäbchen ziehen. Sie zog das längere. Der Entscheid war gefallen. So mußte sich die zweite Frau darauf vorbereiten, den Heimweg anzutreten, was für sie äußerst schwer sein mußte. Der Mann begleitete sie mit einem großen Geschenk in ihr elterliches Heim zurück. Dort weinten beide bitterlich und verabschiedeten sich voneinander.

Nun kam der Mann zum Missionar und sprach nochmals den Wunsch aus, getauft werden zu können und erzählte ihm, wie er es gemacht hatte. Darauf wurde der Mann getauft.

Wir haben uns alle verwundert und gefreut, mit welcher Liebe und Hingabe der Mann zuerst seine beiden Frauen zu Jesus geführt hat und wie er nachträglich auch bereit war, ein so großes Opfer zu bringen. Das hat der Herr gewirkt. Ihm sei Dank dafür!

Vom Zehntengeben — Zeugnisversammlung der Frauen und Dankopfer

„Bringet aber die Zehnten ganz in mein Kornhaus, auf daß in meinem Hause Speise sei, und prüfet mich hierin, spricht der Herr Zebaoth, ob ich euch nicht des Himmels Fenster auftun werde und Segen herabschütten die Fülle" (Mal. 3, 10).

Wir brauchten den Gläubigen in China nicht zu sagen, es wäre schön, wenn sie den Zehnten geben würden. Das taten sie und mehr dazu. Sie wußten genausogut wie wir, daß das Zehntengeben eine alttestamentliche Vorschrift ist, darum sagten sie: „Wir sind neutestamentlich; wir sind erlöste Gotteskinder; wir dürfen mehr geben!"

In der Heimat wollen die Gläubigen auch nicht gesetzlich sein, aber . . .? Wir haben uns oft verwundert über die innere

Einstellung der Gläubigen draußen im Gegensatz zu den Gläubigen daheim.

Wenn ich vom Zehntengeben erzähle, steht immer eine arme Frau vor mir, die ihre Ölküchlein am Tor verkaufte. Sie hatte nur eine Hand, und es war bestimmt nicht einfach für sie, die Küchlein zu machen und diese zu verkaufen. Der Ölküchleinverkauf brachte nicht viel ein; aber jeden Abend brachte sie von dem wenigen, das sie eingenommen hatte, den Zehnten ins Missionshaus. Daneben war sie aber so arm, daß sie sich nicht einmal recht kleiden konnte. Da sagte die Missionsfrau eines Abends zu ihr: „Hör mal, jetzt nehme ich kein Geld mehr von dir. Du solltest dir zuerst ein neues Kleid kaufen." Da mußte die arme Frau weinen und antwortete: „Du wirst mir doch meine Freude nicht nehmen? Das hat schon meine liebe heimgegangene Mutter so gemacht, und ich möchte dabei bleiben. Ich kann nicht anders, als dem Heiland geben, was ihm gehört. Er hat mich ja immer wieder gesegnet, so daß wir durchkommen." Manchmal aber blieb ihr und ihrer Familie nichts anderes übrig, als die Ölküchlein zu essen, die sie nicht hat verkaufen können. Von Ölküchlein allein wird man nicht satt; doch was sollten sie essen, wenn das Geld nicht ausreichte, um genügend Reis zu kaufen?

In der Gegend, in der wir wohnten, lebten sehr viele ganz arme Leute. Es war ja Räubergebiet. Um so größer war deshalb unsere Freude zu sehen, mit welcher Hingabe die armen Gläubigen ihre Opfer brachten, um anderen Armen damit dienen zu können.

Wenn ein gläubiger Chinese ein Schwein verkaufte, brachte er unaufgefordert den ganzen Erlös zum Missionar und bat: „Nimm bitte den zehnten Teil davon für die Armen, für das Reich Gottes." So haben wir's auf unseren Stationen erlebt.

Im Zusammenhang mit dem Zehnten kommen mir auch immer wieder die Versammlungen, die speziell für Heidenfrauen abgehalten wurden, in den Sinn. Jeden Dienstag war Heidenfrauenversammlung und jeden Donnerstag Christenfrauenversammlung. Jetzt war es aber so, daß zu den Heidenfrauenversammlungen, wie schon erwähnt, immer einige der Christenfrauen kamen, um ihr Zeugnis zu geben. Zu Beginn der Versammlung fragten wir: „Wer hat vom letzten Dienstag bis zum heutigen etwas erlebt mit dem Herrn Jesus und möchte das gerne erzählen?" Jedesmal flogen eine ganze Anzahl Hände in die Höhe, so viele, daß gar nicht alle drankommen konnten.

Diese Zeugnisse machten einen tiefen Eindruck auf die Heidenfrauen, und viele von ihnen kamen im Laufe der Zeit zu Jesus. Daß man mit dem lebendigen Gott des Himmels reden kann und daß er antwortet, war für die meisten etwas ganz Neues.

Eine Frau, die ihr Zeugnis gab, war krank gewesen und gesund geworden durch Gebet. Eine andere hatte eine kranke Kuh oder sonst ein krankes Tier gehabt. Die Nachbarn hatten ihr geraten, die Götzen anzurufen und sofort mit dem kranken Tier zum Götzentempel zu gehen, damit es nicht sterben müsse. Darauf habe sie geantwortet: „Das brauche ich nicht mehr so zu machen; ich habe einen lebendigen Heiland. Ich sage es ihm, und er antwortet." Und das Tier wurde wieder gesund, ohne daß die Götzen beschenkt oder befragt wurden.

Die Zeugnisse waren immer kurz gefaßt und treffend und kamen aus überströmend dankbaren Herzen, und die Früchte davon blieben nicht aus.

Was uns aber bei diesen Zeugnisversammlungen noch ganz besonders bewegte, war, daß jede Christin, die ein Zeugnis ablegte, aus großer Dankbarkeit für die Hilfe des Herrn einen Silber-Dollar auf das Rednerpult legte mit der Bemerkung: „Das ist mein Dank für den Herrn." Diese Opferfreudigkeit freute uns ganz besonders, weil wir wußten, wie arm diese Leute meist waren und wie gut sie dieses Silberstück selber hätten brauchen können.

Aber die lieben Frauen vertrauten ihrem Herrn, daß er sie auch mit wenigem durchbringen werde.

Für uns Ausländer war diese Einstellung der Chinesen eine Beschämung. Wie wenig Dank geben wir doch unserem Herrn, wenn er uns erhört. Wohl bittet man zwanzig- oder dreißigmal um seine Hilfe, und wenn er in seiner großen Barmherzigkeit eingreift, dann bedankt man sich kaum — von einem Dankopfer gar nicht zu reden. Wenn Herzen und Hände wieder offener würden zum Dank, dann, glaube ich, würde die finanzielle Not vieler Gemeinden auf einen Schlag behoben sein. Es wäre nicht nötig, in verschiedenen Schriften den Leuten die dringende Not ihrer Mithilfe vor Augen zu führen. Jesus hat selber gesagt: „*Gebt* dem Kaiser, was des Kaisers ist, und *Gott, was Gottes ist!*" Wir wollen doch nicht Gotteskinder sein, die den Herrn vergessen und ihm nicht geben, was ihm gehört. Ich für mein Teil bin der Überzeugung, daß ihm mehr gehört als der zehnte Teil.

Gott hat mich so auf manches aufmerksam gemacht durch die lieben Chinesen, für das ich ihm heute noch von Herzen dankbar bin. Noch oft denke ich mit einer gewissen Wehmut an jene Zeugnisversammlungen zurück. Sie fehlen mir einfach manchmal, und ich habe mich schon hie und da gefragt, woran es wohl liege.

Ach, der Herr ist doch wunderbar in all seinem Tun. Wir wollen uns freuen an seiner Gnade und Barmherzigkeit, womit er den Menschen begegnet.

Der Taubstumme

„Der Herr ist mein Hirte, mir wird nichts mangeln. Er weidet mich auf einer grünen Aue und führet mich zum frischen Wasser. Er erquicket meine Seele" (Ps. 23, 1—3).

Ich war außerhalb der Stadt und hatte dort eine Halle zu betreuen. Im gleichen Haus wohnte auch ein armer, junger, taubstummer Wasserträger. Trotzdem er nicht reden konnte, erzählte er mir immer alles, was sich in der Stadt zutrug. Er konnte lesen und redete in der Zeichensprache, und bald konnten wir uns so gut verständigen, daß ich alles begriff, was er erzählte, und ich ihm auch von Jesus sagen konnte anhand dessen, was er lesen konnte.

Dieser junge Mann wurde gläubig und zeugte sofort durch seinen Wandel für den Herrn, der so viel getan hat, um ihn, den armen Wasserträger, zu erlösen.

Als sein Vater von seiner Bekehrung erfuhr, wurde er sehr böse und befahl ihm, die Götzen anzubeten, wie er es bisher getan hatte; aber der Sohn war nicht mehr dazu zu bewegen. Er wollte treu seinem Heiland nachfolgen und glaubte, daß ihn der Herr durchbringen werde.

Nun hätte der junge Mann auch gerne geheiratet, da es nicht leicht war für ihn, immer allein zu sein und sich selber zu kochen. Der Vater erklärte ihm: „Du bekommst eine Frau, sobald du die neue Lehre läßt und wieder die Götzen anbetest." — „Oh", entgegnete der Sohn in der Zeichensprache, „ich gehöre Jesus an und glaube an Gott. Lieber will ich keine Frau, als zum Götzenglauben zurückzukehren."

Der Vater „besorgte" ihm also keine Frau, und er selbst hatte nicht genug Geld, um sich eine zu kaufen.

Durch diese Not wurde der Wasserträger nur um so reifer und durfte vielen ein Ansporn sein.

Wir baten ihn einmal, er möchte doch bitte so freundlich sein und in der großen Versammlung ein Zeugnis ablegen. Das schlichte Zeugnis in der Zeichensprache hat sehr zu den Herzen der Zuhörer geredet. Da stand einer vor ihnen, dem man es ansah, daß er nur *ein* Ziel und Verlangen hatte, nämlich seinem Heiland treu zu bleiben und ihn in einem Leben der Nachfolge zu verherrlichen.

Wir haben uns herzlich gefreut darüber zu sehen, daß Jesus alle Menschen glücklich machen kann, wer immer sie auch sind. Lob und Preis sei dem Herrn, der Mittel und Wege hat, zu helfen und zu erhalten und durchzutragen.

Die zwei Taufbewerberinnen und die Räuber

Meine Heimat ist dort in der Höh',
wo man nichts weiß von Sorgen und Weh.

Einmal kamen zwei Frauen, Schwiegermutter und Schwiegertochter, zu uns auf Besuch mit dem Wunsch, sich als Taufbewerberinnen eintragen zu lassen. Sie waren beide nicht mehr sehr jung und lebten schon längere Zeit als Witwen beisammen. Sie hatten von Jesus gehört und ihm ihre Herzen geöffnet und waren sehr beflissen, mehr von ihrem Erlöser zu erfahren und ihn zu verherrlichen.

Gott hat oft seltsame Wege und braucht oft seltsame Mittel, um seine Kinder näher zu sich zu ziehen. Dann ist auch noch der Feind da, der sich aufmacht und wütet, wo immer Seelen seinem Reich entrinnen wollen. So ereilte die gläubigen Frauen eines Tages großes Herzeleid: Die Räuber kamen und verbrannten ihnen ihr ganzes Anwesen; sie aber konnten nur mit knapper Not flüchten. Gott hat in dieser schweren Stunde seine bewahrende Hand über sie gehalten, daß die Räuber sie nicht verfolgen durften und sie entkommen konnten.

Als wir von dem Unglück hörten, mußten wir viel für die beiden Frauen beten, daß sie die schwere Probe bestehen möchten.

Wir haben in der Heimat oft nur eine leise Ahnung von dem, was es für einen Chinesen heißt, seinen Götzen abzusagen und ein treuer Jesusnachfolger zu werden. Heute ist es ja noch unvergleichlich schwerer als zu der Zeit, da ich in China war; aber schon damals haben wir gesehen, wie schwer es ist, wenn ein Mensch es wagt, sich ganz auf Gottes Seite zu stellen. Sehr oft wurden die Neubekehrten verfolgt, geschlagen und mißhandelt. Ungläubige Männer zerrten ihre Frauen an den Haaren in den Götzentempel, damit sie dort wieder ihre Gebete verrichten sollten.

Weil wir wußten, was es auch für diese beiden Frauen bedeuten mußte, ihr ganzes Hab und Gut, ihr einziges Zuhause verlieren zu müssen, beteten wir um so inbrünstiger, daß sie doch deswegen nicht ihren Heiland verleugnen möchten. Als wir erfuhren, wo sie sich hingewandt hatten, besuchten wir sie und sprachen ihnen Trost und Mut zu und luden sie auch freundlich ein, uns einmal in der Stadt zu besuchen.

Wir dachten, dies als ein Zeichen des Herrn ansehen zu dürfen, daß, sofern sie der Einladung Folge leisteten, wir auch glauben durften, daß sie treu geblieben waren. Welche Freude war es für uns, als eines Tages die beiden Frauen daherkamen! Sofort gaben wir Frau Missionar Becker Bescheid, die auch gleich voller Freude erschien.

Aber noch bevor Frau Becker die beiden Angekommenen nach ihrem Befinden fragen konnte, wurde sie schon mit großer Freundlichkeit angeredet und gefragt, wie es ihr gehe.

„Ja, mir geht es gut; aber wie geht es euch?" entgegnete die Missionarsfrau. „Ihr habt ja so großes Herzeleid erlebt." Ganz unbekümmert gaben die Frauen zur Antwort: „Uns geht es gut." Wie waren wir da erstaunt, aus dem Munde der zwei Christinnen dieses Gotteslob zu vernehmen. Hatten sie nicht ihren ganzen irdischen Besitz verloren und waren heimatlos geworden? Und doch konnten sie strahlend bezeugen, daß es ihnen gut gehe. „Wie könnt ihr sagen, daß es euch gut geht, wenn ihr doch so großes Leid erlebt habt?" fragten wir nun die Frauen. „Ach", erwiderten sie, „warum sollte es uns nicht gut gehen? Wir haben ja noch ein Haus." — „Ja so!" sagten wir. Das zu hören tröstete uns; so hatten sie doch irgendwo noch eine Heimat, wo sie hinziehen und sich wieder geborgen fühlen konnten. Irgendwie waren wir aber doch sehr verwundert zu vernehmen, daß die beiden Frauen noch ein Haus hätten, und fragten sie: „Wo befindet sich denn dieses Haus?" Freudestrahlend gaben sie zur Antwort: „Dort, wo kein Räuber hinkommt und es nicht niedergebrannt werden kann." — „Wo mag das sein?" fragten wir erst recht erstaunt. „Im Himmel", riefen sie aus.

Ich kann gar nicht ausdrücken, was diese Antwort für uns bedeutete. So etwas kann nur der Heilige Geist einem Menschen offenbaren. Wir konnten nur loben und danken, daß diese beiden Schwestern dem Herrn nicht nur treu geblieben, sondern innerlich auch sehr gereift waren. Sie haben gelernt, wegzublicken vom Vergänglichen. Sie haben etwas von dem erfaßt, was Paulus sagt: „Denn unsere Trübsal, die zeitlich und leicht ist, schafft eine ewige und über alle Maßen wichtige Herrlichkeit uns, die wir nicht sehen auf das Sichtbare, sondern auf das Unsichtbare. Denn was sichtbar ist, das ist zeitlich; was aber unsichtbar ist, das ist ewig" (2. Kor. 4, 17. 18).

Darum konnten sie in bezug auf ihren Verlust so getrost sagen: „Das hat Gott *so* verordnet." Nun warteten sie mit Abraham auf die Stadt, die himmlische Herrlichkeit, „deren Baumeister und Schöpfer Gott ist" (Hebr. 11, 10).

Wir durften die beiden Frauen noch weiter trösten und gaben ihnen auch etwas, womit sie Nahrung kaufen konnten. Sie waren beglückt über diese ihnen erwiesene Liebe und wollten versuchen, irgendwo unterzukommen, wo sie auch Arbeit finden würden, um ihr Brot zu verdienen. Sie waren beide noch nicht so alt, daß sie nichts mehr hätten tun können. So zogen sie also frohgemut weiter, versprachen aber, uns wieder zu besuchen.

Sie haben Wort gehalten und sind ab und zu wiedergekommen und freuten sich sehr, bald getauft werden zu können.

Ihre Tauffeier war mit großem inneren und äußeren Segen begleitet.

Die Geschichte der beiden Christenfrauen zeigte uns wieder einmal mehr ganz deutlich, daß der Herr große Wunder tun kann an den Menschenkindern und daß das, was vielleicht im ersten Moment als großer Verlust aussieht, sich nicht vergleichen läßt mit der Herrlichkeit, die daraus erwächst. Paulus sagt im Römerbrief: „Denn ich halte es dafür, daß dieser Zeit Leiden der Herrlichkeit nicht wert sei, die an uns soll offenbart werden" (Kap. 8, 18). Gott vermag seinen Kindern Schwierigkeiten in Herrlichkeiten zu verwandeln, so daß sie erleben, was Paulus im gleichen Kapitel sagt: „Wir wissen aber, daß denen, die Gott lieben, alle Dinge zum Besten dienen" (V. 28).

Das hat auch uns ganz neu wieder angespornt, auf das Haus zu warten, das droben ist, da kein Räuber hinkommt und keine Diebe Zutritt haben. Ja, Jesus leitet und führt alle, die ganz und allein ihm vertrauen, mit ihm zur Herrlichkeit. Wir wollen seinen hochgelobten Namen rühmen, bis wir dort sind, wo er ist; denn er ist's wert! Er hat uns erkauft mit seinem teuren, kostbaren Blut. Ihm sei Ehre in Ewigkeit!

Der vornehme Herr vom Lande, der sich taufen lassen wollte

Der Missionar besuchte öfters einen alten, vornehmen Herrn auf dem Lande und erzählte ihm von Jesus.

Der alte Herr freute sich über diese Besuche und vor allem über die Botschaft und hatte ein Verlangen, mehr von Jesus zu vernehmen. Er ließ sich Schriften geben, und es ging auch gar nicht lange, so wurde er gläubig. Seine Söhne hatten es sehr ungern, daß ihr Vater nicht mehr die Götzen anbeten wollte, jedoch konnten sie ihn durch nichts von seinem Glauben abtrünnig machen.

Weihnachten stand vor der Tür. Unser Weihnachtsfest in der Stadt Yüanchow sollte mit einer großen Tauffeier verbunden werden, an der auch der gläubig gewordene Herr vom Lande getauft werden sollte. Dieser freute sich von ganzem Herzen auf den großen Tag und teilte seinen Söhnen mit, er reite in die Stadt, um sich taufen zu lassen.

Als er in früher Morgenstunde des Weihnachtstages sein Pferd sattelte, um in die Stadt zu reiten, kamen seine Söhne und sagten: „Vater, du kannst doch nicht den weiten Weg in die Stadt reiten, ohne etwas gegessen zu haben. Es könnte dir ja schwindlig werden. Komm doch, wir wollen noch zusammen frühstücken.“ Normalerweise frühstückt man in China ja erst ziemlich spät, etwa um 9 Uhr, da es nur zwei Mahlzeiten gibt.

Auf das Bitten seiner Söhne hin begab sich der Vater ins Haus zurück, um mit ihnen zu frühstücken. Der Tisch wurde gedeckt, der Reis serviert, und die Mahlzeit begann.

Als der Vater seinen Reis aß, merkte er, daß Gift drin war; aber leider hatte er schon zuviel davon gegessen. Sofort setzten furchtbare Qualen ein, denen der treue Märtyrer zwei Stunden später erlag.

Ob er gleich die Bekenntnistaufe nicht hat vollziehen lassen können an sich, so hat er doch eine andere Taufe, von der Jesus seinen Jüngern gesagt hat, die Leidenstaufe, über sich ergehen lassen müssen und ist als Sieger in die obere Heimat eingezogen.

Was tat es ihm, daß er heidnisch begraben wurde? Er war ja schon in der Herrlichkeit. So haben viele mit dem Tode besiegelt, was sie an ihren Herzen erlebt hatten.

Weil wir auf unserer Station viele so traurige Begebenheiten miterleben mußten, gab es auch viele Tränen; aber der Psalmist sagt: „Die mit Tränen säen, werden mit Freuden ernten" (Ps. 126, 5). Und einst kommt der herrliche Tag, von dem wir wissen, daß „Gott wird abwischen alle Tränen von ihren Augen; und der Tod wird nicht mehr sein, noch Leid noch Geschrei, noch Schmerz wird mehr sein; denn das Erste ist vergangen" (Offb. 21, 4).

Gelobt sei er, unser treuer Gott, der uns tröstet in allem Leid und uns Treue hält, bis wir dort sein dürfen, wo er ist.

Ein Offizier stirbt den Märtyrertod

Einmal kam auch ein Offizier in unsere Versammlung und hörte von Jesus und wurde gläubig. Sofort begann er, öffentlich zu zeugen und mit seinen Soldaten die Jesuslieder zu lernen. Für einige Zeit marschierte er mit seiner Truppe jeden Abend durch die Straßen, und mit kräftiger Stimme sangen die Soldaten ihre Jesuslieder dem Herrn zur Ehre. Sofort schlossen sich ihnen andere Leute an und kamen, durchs Zeugnis der Truppe angeregt, zu uns in die Halle, und viele fanden Jesus. Wir freuten uns natürlich riesig über das, was der Herr getan hatte; aber andere Leute der Stadt fühlten sich gekränkt und verklagten den Offizier an zuständiger Stelle.

Eines Tages hieß es, der Offizier sei mit seiner Truppe in eine andere Stadt versetzt worden. Bruder Becker erklärte uns, daß diese Versetzung leider nicht bloß eine gewöhnliche Versetzung sei, sondern daß über kurz oder lang der gläubige Offizier auf die Seite geräumt werde. Und wirklich hörten wir bald darauf, daß er um seines Glaubens willen sein Leben lassen mußte; aber mit seinem Tod war die entstandene Bewegung noch nicht fertig. Etliche seiner Soldaten, denen er eifrig von Jesus erzählt hatte, waren gläubig geworden und trugen die Botschaft weiter.

So ernst ging es bei uns in China zu. Wieviel Herzeleid! Wie viele Märtyrer um Jesu willen! Aber *dennoch* wagten wir es, mutig vorwärts zu gehen.

Der verfolgten Gemeinde sagt Jesus das Wort: „Sei getreu bis an den Tod, so will ich dir die Krone des Lebens geben" (Offb. 2, 10). Und wie ein Triumphgesang klingt die Antwort: „Und sie haben ihn (den Verkläger) überwunden durch des Lammes Blut und durch das Wort ihres Zeugnisses und haben ihr Leben nicht geliebt bis an den Tod" (Offb. 12, 11). Gelobt sei der Name des Herrn, der Überwinderkräfte gibt!

Das Martyrium einer Christin

In unserer Gemeinde war eine liebe Christin, die treu ihrem Heiland nachfolgte, trotzdem sie es zu Hause sehr schwer hatte mit ihrem Mann. Oft schlug er sie, wenn sie von der Versammlung zurückkehrte. Er wollte sie unbedingt wieder zum Götzenglauben zurückbekehren, aber sie blieb Jesus treu und ließ sich auch taufen.

Eines Tages, als sie von der Versammlung nach Hause kam, band der Mann sie am Bettpfosten fest und schlug in blinder Wut mit einem Prügel auf sie los, bis ihr Hüftgelenk entzweigeschlagen war. Die Christenfrau blieb ruhig und sagte:

„Schlag nur zu. Wenn du mich totschlägst, dann gehe ich in den Himmel; aber solange mich meine Füße tragen, gehe ich in die Versammlung, um Gottes Wort zu hören."

Diese innere Gelassenheit und große Liebe zu Jesus versetzte den Mann doch ein wenig ins Staunen, so daß er von ihr abließ und sie nicht weiter schlug. Sie wurde von keinem Arzt behandelt und von keiner Krankenschwester gepflegt. Sie verklagte ihren Mann auch nirgends. Sobald sie wieder einigermaßen hergestellt war, humpelte sie unter großer Anstrengung und mit viel Schmerzen zur Halle, um mehr von Jesus zu hören.

Sie litt, ohne zu klagen, aus Liebe zu Jesus. Einerseits waren es die Mißhandlungen an ihrem Leib, andererseits die Schmähworte und entsetzlichen Wutausbrüche ihres Mannes, die sie geduldig auf sich nahm und als Erziehungswege Gottes betrachtete. Sie klagte nicht über ihren Mann bei andern Leuten. Sie trug ihr Leid jahrelang ganz tapfer und still. Uns hat sie es nur erzählt, weil wir in sie drangen, um zu erfahren, warum sie so elend und krank aussehe.

Später wurde die liebe Christin krank und kam ans Sterben; aber noch immer war der Groll in ihres Mannes Herz nicht gebrochen. Ach, was braucht es oft, bis ein Mensch sein verstocktes Herz der Liebe des Herrn öffnet.

Als die Märtyrerin in den letzten Zügen lag, war sie alles andere als traurig. Ihr Angesicht glänzte, und die Freude, bald bei ihrem geliebten Herrn sein zu dürfen, war größer als alle Schmerzen. Sie nahm Abschied von ihrem Mann und bat ihn, er möchte doch bitte auch dem Herrn Jesus nachfolgen, damit sie ihn wiedersehen dürfe im Himmel.

Ob sie den Himmel offen gesehen hat, oder ob sie den Herrn Jesus hat sehen dürfen? Wir haben's nie erfahren; aber mit verklärtem Angesicht ist die Vollendete verschieden.

Erst in diesem Augenblick schlug der Mann in sich. Was hatte er getan? Warum hatte seine Frau so leiden müssen seinetwegen? Hatte er die lange Zeit über nicht mehr gesehen, welch liebe, stille, arbeitsame und besorgte Frau er hatte?

Ein furchtbarer Schmerz, begleitet von Reue und Scham, kam über ihn, und er fing an zu weinen und zu schreien. Er schrie, was er schreien konnte, und lief durch die Straßen wie ein gehetztes Wild. Ganz erschöpft kam er zum Missionar und klagte laut: „Meine liebe, gute Frau ist gestorben, und ich bin schuld. Bitte, hilf mir, hilf mir, daß ich auch dahin komme, wo meine Frau hingegangen ist."

Nachdem er sich ein wenig beruhigt hatte, öffnete er sein Herz und bekannte alle seine schweren Sünden und beugte sich von Herzen unter die große Schuld. Und, o Wunder, der Mann durfte erleben, daß Gott um Jesu willen Sünden vergibt. Er durfte mit Jesus ein neues Leben anfangen.

Mir ist aber bei aller Freude an der Umkehr dieses Mannes immer wieder in den Sinn gekommen, was ein Spruch aussagt:

Streut Blumen der Liebe bei Lebenszeit,
bewahret einander vor Herzeleid.
Am Sarge streut man frische Blumen —
Warum denn nur im Leben nicht?
Warum so sparen mit der Liebe,
bis einem fast das Herze bricht?

Leider herrscht in vielen Familien innere Not, und ich hoffe, daß gerade durch diese Zeilen doch etliche zur Besinnung gebracht werden möchten, Buße zu tun und mit der Liebe des Herrn lieben zu lernen, auch da, wo es schwerfällt. Warum soll erst das unerbittliche Eingreifen des Todes uns aufrütteln? Welche Genugtuung bei allem Schmerz, wenn man weiß, daß man den Heimgegangenen viel Freude hat erweisen dürfen. Manche bittere Träne könnte erspart bleiben.

Mein Gebet ist, daß gerade durchs Erzählen dieser Begebenheit doch etliche den Weg zu Jesus finden möchten oder daß solche, die eingeschlafen sind, wieder ganz neu aufwachen möchten, um dem Herrn nicht nur zehnprozentig, sondern hundertprozentig nachzufolgen.

Mit großer Freude danke ich Gott, daß er nicht nur diesen

Heiden heimgesucht und gefunden hat, sondern daß er noch vielen helfen will. Ihm sei Preis und Dank dafür. „Er ist freundlich, und seine Güte währet ewiglich. Amen."

Familie Peng

Es war für uns eine große Freude, als Familie Peng getauft wurde. Mann und Frau hatten Jesus kennen und lieben gelernt und sich als Taufbewerber eintragen lassen.

Auch sie hatten um Jesu willen viel zu leiden in ihrem Ort; sie wurden verfolgt und erlebten viel Schweres; aber sie vertrauten kindlich auf Gott und glaubten, daß er ihnen in jeder Lage zur Seite stehen werde.

Pengs waren sehr arm. In jener Gegend wohnten fast lauter arme Leute, weil es Räubergebiet war; aber Familie Peng war außerordentlich arm. Sie waren nur in Lumpen gehüllt und konnten sich kaum ernähren. Welche Freude bedeutete es deshalb für sie, als sie ein Mutterschwein großziehen konnten und von diesem elf Ferkel erhielten. Sie dankten Gott dafür, daß er so wunderbar geholfen hatte. Die Heiden aus der Nachbarschaft aber drohten ihnen und sagten: „Ihr werdet noch sehen, daß die Götzen das nicht ungestraft sein lassen, daß ihr einen ausländischen Glauben angenommen habt."

So lag eines Morgens das Mutterschwein mitsamt den elf Ferkeln tot im Stall. Das war ein schwerer Schlag. Dazu kamen noch die Schmähworte der Heiden, die ihnen sagten: „Ihr seid selber schuld; die Götter haben sich gerächt. Ihr kehrtet euch besser wieder zu unserem Glauben."

Die Pengs aber ließen sich nicht bewegen. Sie nahmen auch das, wiewohl es nicht leicht war im Moment, aus Gottes Hand.

Als die Heiden darüber die Hände zusammenschlugen und den Tod der Schweine als Strafe der Götter bezeichneten, entgegnete ihnen die Frau ganz ruhig: „Ist euch noch nie ein Schwein gestorben? Sind euch noch keine Ferkel umgekommen?“ Da wußten sie nun allerdings nichts darauf zu sagen, weil das bei ihnen öfters der Fall war, trotzdem sie ihre Götzen-Zaubereien zu Hilfe zu nehmen pflegten.

Als wir von der Not der Familie Peng hörten, flehten wir zu Gott für sie, daß sie doch ja deswegen nicht ihrem Glauben an Jesus den Rücken kehren möchten.

Da wir in unserer Gemeinde viele ganz arme Christen hatten, durften wir keine Ausnahme machen und Familie Peng ein großes Geschenk geben, um ihnen aus der äußersten Not zu helfen; aber an der Tauffeier, die in ihrem Dorfe stattfand, kamen viele Gläubige zusammen, die alle der lieben Familie etwas geben wollten, und auch wir konnten so unbemerkt eine kleine Gabe beilegen. Das zusammengelegte Geld reichte gerade, um ein kleines Ferkel zu kaufen.

Wir können uns gut vorstellen, daß die Freude der Familie Peng groß war; sie konnten ja nun das Schweinchen wieder großziehen.

Die Eltern Peng hatten auch einen kleinen Jungen, der so beeindruckt war vom Gottvertrauen seiner Eltern, daß er sein Herz öffnete und auch zu Jesus kam.

Nun wollte er aus Liebe zu seinen Eltern und zum Herrn etwas dazu beitragen, daß die Not im Elternhaus gelindert werden könnte. Er versuchte, so viel ich weiß, Ölküchlein zu verkaufen. Einmal kam er abends heim und hatte nichts verkauft. Sie konnten keinen Reis kaufen und hatten den ganzen Tag nichts zu essen. Da sandte ihnen Gott durch irgend jemand etwas zu essen, um ihnen zu zeigen, daß er die Seinen nicht vergißt.

Auf diese Weise brauchte Gott oft ganz arme Menschen, um andern damit zu zeigen, daß er ein lebendiger Gott ist und Wunder tun kann. Wir freuten uns sehr zu sehen, daß Familie Peng durch alle Not hindurch treu standhielt und ohne jemals zu klagen ihrem großen Herrn vertraute.

Ja, der Herr hilft wunderbar. Es ist so, wie der Psalmist sagt: „Aller Augen warten auf dich, und du gibst ihnen ihre Speise zu seiner Zeit. Du tust deine Hand auf und erfüllst alles, was lebt, mit Wohlgefallen" (Ps. 145, 15. 16).

Die heimlich Gläubige und das Blutbad

Die Christenverfolgung nahm zuzeiten schlimme Ausmaße an. So hörte man zum Beispiel, daß in einem bestimmten Ort viele Christen erschossen wurden, weil sie nicht mehr die Regierung als höchste Autorität anerkennen wollten.

Bald darauf kam eines Nachts ein Fräulein zu uns, um innere Stärkung zu holen. Sie war eine heimlich Gläubige, die Angst hatte, gesehen und verraten zu werden. Da sie noch nicht getauft war, wußte ja niemand, daß sie gläubig geworden war, und sie konnte sich so auch die Leiden der Verfolgung ersparen.

Nicht lange danach wurde die heimliche Christin in ihrem Dorf Augenzeugin eines schrecklichen Blutbades. Die Christen wurden auf offener Straße hingerichtet und erschossen. Plötzlich wurde sie mit einer großen Kraft und mit dem Drang, ihren Heiland öffentlich zu bekennen, erfüllt. Sie eilte unter die Christen und rief laut: „Ich bin eine Christin; ich glaube an Jesus." Man rief ihr zu: „Sei doch nicht so dumm, schweige, sonst wirst du ja auch mitgetötet." Die junge Christin ließ sich aber durch gar nichts beirren und bekannte aufs neue ganz deutlich: „Ich bin eine Christin; ich glaube an Jesus; ich habe Jesus lieb und ich folge ihm nach." Sie hatte alle Angst vor den Schrecken des Todes verloren. Sie kümmerte sich plötzlich gar nicht mehr darum, daß sie ausgelacht oder verspottet werden könnte. Sie hatte nur noch *einen* Drang, ihren Herrn und Heiland zu bekennen.

Hat nicht Jesus selbst gesagt: „Wer nun mich bekennet vor den Menschen, den will ich bekennen vor meinem himmlischen Vater. Wer mich aber verleugnet vor den Menschen, den will ich auch verleugnen vor meinem himmlischen Vater" (Matth. 10, 32. 33)?

Trotzdem man ihr erneut zurief, sie solle sofort schweigen und von den Gläubigen weggehen, blieb sie aus Liebe zu Jesus fest und bekannte ihren Herrn, bis sie erschossen wurde.

Welch wunderbares Zeugnis der Macht Gottes. Da wo vorher Menschen so ängstlich auf ihren eigenen Vorteil bedacht waren und schon nur im Gedanken an eine bevorstehende Hinrichtung erzitterten, konnte die Kraft des Heiligen Geistes in einem Moment alles ändern. Aus kraftlosen, scheuen, heimlichen Christen wurden heldenhafte Zeugen und Bekenner, die ihre Siegeskrone schon erlangt haben.

Diese Kraft ist auch heute noch wirksam und will sich allen offenbaren, die sich ihr öffnen. Auch hier in der Heimat stehen ganz ernste Zeiten vor uns. Welch ein Trost ist es da zu wissen, daß wir die Kraft zum Martyrium nicht schon im voraus zu spüren brauchen, nein, daß wir in vollem Vertrauen auf unseren Herrn und Heiland vorwärts gehen dürfen im Bewußtsein, daß er jeden Tag soviel Kraft gibt, wie wir brauchen. Er gibt göttliche Vollmacht. Rühmt die wunderbare Kraft seines Blutes! In seinem Namen und in seinem Wort stecken Riesenkräfte. Wenn diese Gotteskraft auf einen Menschen kommt, dann mag kommen, was kommen will; sei es Schmach, Verfolgung oder Tod, er bleibt fest, weil sein Glaube auf Felsen gegründet ist. Paulus schreibt den Römern: „Wer will uns scheiden von der Liebe Gottes? Trübsal oder Angst oder Verfolgung oder Hunger oder Blöße oder Fährlichkeit oder Schwert? Wie geschrieben steht: ‚Um deswillen werden wir getötet den ganzen Tag; wir sind geachtet wie Schlachtschafe.' Aber in dem allem überwinden wir weit um deswillen, der uns geliebt hat" (Röm. 8, 35—37).

Von anderen Missionsstationen sind auch ebenso traurige und noch traurigere Nachrichten zu uns gedrungen. Missionare mußten fliehen und haben noch vom Boot aus gesehen, wie ihre Gemeindeangehörigen, die sie mit Tränen zum Fluß begleitet hatten, von den Kommunisten erschossen wurden.

Aber hoch über aller Not steht der eine, ohne dessen Erlaubnis keine mörderischen Hände sich regen dürfen, und der immer wieder sein göttliches Halt spricht zu seiner Zeit. Gelobt sei der Name dessen, „der den Kriegen steuert in aller Welt, der Bogen zerbricht, Spieße zerschlägt und Wagen mit Feuer verbrennt" (Ps. 46, 10).

Ein Christ, der um Jesu willen nichts mehr verkaufen durfte

Ein Geschäftsmann wurde gläubig und hatte von allem Anfang an viel zu leiden. Seine Frau plagte ihn, wo sie nur konnte. Dazu kam noch, daß die Heiden des Dorfes unter sich vereinbarten, nichts mehr in dem Geschäft des Christen zu kaufen, damit er wegziehen müsse. „Wer noch etwas in diesem Geschäft kauft, der wird geschlagen werden", sagten sie. Sie stellten Wachtposten hin, um zu kontrollieren, ob ihr Verbot auch respektiert werde. Das einst so schöne Geschäft ging fast zugrunde; aber der Christ ließ sich dadurch nicht von seinem Glauben abbringen. Er las viel in der Bibel und freute sich an der kommenden Herrlichkeit, auf die er sich vorbereitete.

Bald darauf verlor der Mann sein Geschäft und mußte den Ort verlassen. Wir haben ihm geholfen, daß er in einer anderen Gegend wieder ein kleines Geschäft auftun konnte; aber leider hörten die Heiden des vorherigen Wohnortes davon und benachrichtigten die Bewohner des anderen Dorfes, nichts mit dem Mann zu tun zu haben; er sei ein Christ. So hatte er auch in dem neuen Ort von Anfang an zu leiden und mußte viel Schweres durchmachen. Aber plötzlich griff Gott ein und änderte die ganze Situation. Aus menschlich unerklärlichen Gründen blühte sein Geschäft wieder auf, und seine Frau, die sich mit aller Gewalt gesträubt hatte, ihrem Mann zu folgen und an Jesus zu glauben, sagte, sie möchte auch gern Christin werden. Mit unbeschreiblich großer Freude hat der gläubige Mann ihr von Jesus erzählt und sie oft auf die Herrlichkeit droben hingewiesen, indem er sagte: „Ich gehe bald in den Himmel. Der Herr Jesus holt mich heim, dann hat alle Not ein Ende." Dahin wollte nun seine Frau auch kommen und ließ sich zu Jesus führen. Hand in Hand durften die beiden nun der ewigen Heimat zupilgern und sprachen sich gegenseitig Mut zu in den vielerlei Glaubensprüfungen.

Ich habe oft gesagt, daß es auf unserer Missionsstation durch Blut und Tränen ging. Wer das weiß, der versteht auch viel besser, warum wir uns so königlich gefreut haben an allem, was der Herr getan hat. Ja, er hat sich auch in China als der Mächtige und Unveränderliche bewiesen. Ich mußte dorthin reisen, um zu lernen, wie groß und herrlich unser Gott und Heiland ist.

Solche Erlebnisse haben mich auch immer wieder daran erinnert, daß wir Zeiten entgegengehen, wo wir als Gläubige weder kaufen noch verkaufen können. „. . . daß niemand kaufen oder verkaufen kann, er habe denn das Malzeichen, nämlich den Namen des Tiers oder die Zahl seines Namens . . ." (Offb. 13, 17).

Wie gut ist es, sich im Blick auf solche Zeiten ganz und gar der bewahrenden Macht Gottes anvertraut zu wissen. Dem Herrn sei Lob und Dank für seine wunderbare Güte und Hilfe.

Der vom Herrn geprüfte Taufbewerber

„Denn welchen der Herr liebhabt, den züchtigt er; und er stäupt einen jeglichen Sohn, den er aufnimmt" (Hebr. 12, 6).

Ein junger, gläubiger Mann vom Lande besuchte unsere große Konferenz in der Stadt, und weil er Taufbewerber war, hätte er sich gerne an der Konferenz-Tauffeier mit den vielen andern Bewerbern taufen lassen. Der Missionar aber sagte zu ihm: „Du wirst in deinem Dorf getauft, damit alle, die dich kennen, sehen können, daß du nicht mehr zu den

Heiden gehörst, sondern ein Christ und Gotteskind geworden bist."

Der junge Mann gehorchte der Anweisung des Missionars, obschon er gerne mitgetauft worden wäre.

Als er von der Konferenz nach Hause kam, sah er noch gerade, wie sein Haus in Flammen zusammenstürzte. — Das hatte der Herr zugelassen, um zu sehen, ob es diesem jungen Gläubigen wirklich auch ganz ernst sei. Wir beteten fest für ihn und durften erleben, daß der Herr auch ihm Kraft genug gab, durchzuhalten. Er wurde dann in seinem Dorf getauft, und Gott segnete diese Feier und gebrauchte sie, um zu vielen Herzen der Heiden zu reden.

Maria, die trotz Verfolgung treu geblieben ist

Auf einer andern Station, die ich bereiste, wurde als erste Dorfbewohnerin eine Frau gläubig. Dieses Vorangehen war für eine Frau viel schwieriger, als es für einen Mann gewesen wäre. Man hat versucht, sie an den Haaren in den Götzentempel zu schleifen, damit sie die Götzen anbeten solle. Die Leute glaubten, daß sich die erzürnten Götter nicht nur an der einen Frau, sondern am ganzen Dorf rächen könnten, und darum waren sie alle in großer Aufregung und sagten zu ihr: „Du bringst den ganzen Ort in große Not. Es wird Schweres über dich und den ganzen Ort kommen, weil du einen fremden Gott anbetest." Sie aber blieb trotz allem ihrem Heiland treu.

Nach einiger Zeit starb ganz unverhofft ihr Mann. Mit seinem Hinscheiden brach eine schlimme Verfolgungszeit aus für die Witwe. Nirgends mehr konnte sie sich sehen lassen, ohne daß ihr nachgeschrien wurde: „Mörderin, Mörderin!" Sogar von ihren eigenen Verwandten mußte sie die furchtbare Anschuldigung hören, sie sei wegen ihrer Halsstarrigkeit im Glauben an den ausländischen Gott zur Mörderin ihres Mannes geworden. Die Heiden sagten ihr: „Haben wir's dir nicht gesagt? Jetzt haben sich die Götzen gerächt, und wenn du jetzt nicht umkehrst, dann erlebst du noch viel Schwereres!"

Wir können uns kaum vorstellen, wie die Frau gelitten und wie oft sie geweint hat. Ich war zu dieser Zeit gerade in der Nähe stationiert und sandte meine Bibelfrau zu ihr mit dem Auftrag: „Geh zu der Frau und weine mit ihr. Tröste sie, lies Gottes Wort und bete mit ihr." Die Bibelfrau tat, was ich ihr gesagt hatte, und so hat die verfolgte Christin wieder neuen Mut gefaßt, dem Herrn, dem sie bisher vertraute, auch weiterhin zu vertrauen. Wir dachten viel an sie in unserem Gebet und baten den himmlischen Vater, diese Schwester nicht in Traurigkeit und Not versinken zu lassen.

Da geschah etwas ganz Unerwartetes. Der einzige Sohn der Witwe starb plötzlich. — Was muß es für die Mutter gewesen sein, so kurz nach ihrem Mann auch ihren einzigen Sohn von sich gerissen zu sehen; aber dieser Schmerz war nicht der größte! Viel nagender war, daß sie nun von überallher den Namen „Doppelmörderin" zu hören bekam. Darob wollte ihr fast das Herz brechen.

Wieder sandte ich meine Bibelfrau, um mit ihr zu weinen und sie mit Gottes Wort zu trösten. Diese sah und hörte, daß die Frau von den Heiden mit Schmähungen überschüttet wurde. Sie sagten ihr: „Du bist schuld an dem Unglück, das über dein Haus gekommen ist. Die Götter haben sich gerächt." Aber all das, was sie zu hören bekam, konnte Maria nicht von Jesus wegbringen. Sie hat sich als Taufbewerberin eintragen lassen und wurde später auch getauft.

Dann geschah etwas Wunderbares. Ihr Vetter kam zu ihr und sagte: „Ich habe dich beobachtet in deinem großen Leid und habe gesehen, was du durchgemacht hast und wie du trotz allem deinem Gott treu geblieben bist. Diese Kraft hätten dir die Götzen nicht geben können. Ich muß bekennen, daß dein Gott der lebendige Gott ist, sonst hättest du das nicht alles ertragen können; nun will ich auch an diesen Gott glauben."

So hat Gott die leidgeprüfte Christin gebraucht, um gerade

in ihrer großen Not ein lebendiges Zeugnis zu sein, das andern den Weg zu Jesus wies.

Später kam die Frau einmal zu mir und sagte: „Ach Missionarin, ich möchte dir so gerne ein wenig in deinem Haushalt helfen, damit ich mehr von der Bibel hören kann. Ich kann leider selber nicht lesen, aber ich möchte es so gerne bei dir lernen, damit ich mehr vom Heiland erfahren kann. Er hat mich ja so wunderbar durch meine große Not getragen." Gerne habe ich ihren Wunsch erfüllt und sie zu mir genommen. Sie hat mir in meinem Haushalt geholfen, und ich habe sie lesen gelehrt. So durften wir einander dienen. Ich habe die Christin auch hierhin und dorthin mitgenommen, um Besuche zu machen. Sie hat auf diese Weise vielen Leuten ihr Zeugnis geben dürfen.

Ich preise den Herrn für seine wunderbare Güte, daß er die Frau durch alle Not hindurchgetragen hat und sie dann noch zu seinem Dienst gebrauchte. „Ja, Herr, du bist sehr freundlich, und du bist mächtig und herrlich in all deinem Tun. Wir loben und preisen deinen wunderbaren Jesusnamen."

Der Apotheker in Hwai-hua

Der Sohn einer heidnischen Familie, ein Apotheker, wurde gläubig und wünschte, trotz des großen Widerstandes seiner Mutter, getauft zu werden. – Wir schenkten allen, die sich taufen ließen, ein großes, schönes Taufbild, wo Jesus alleine oder mit seinen Jüngern drauf zu sehen war. – Um ihren Unwillen über die Taufe ihres Sohnes zu bekunden, brannte die Mutter mit einem Streichholz die Augen der Jünger, die auf dem Bilde standen, aus.

Kurze Zeit später wurde der Vater des Apothekers krank und ließ sich vor dem Sterben noch von seinem Sohn zum lebendigen Glauben an Jesus führen. Als er starb, bat der Sohn, wir möchten doch bitte seinen Vater beerdigen. Er wollte nicht, daß man den Vater nach heidnischem Brauch beisetzte, sondern so wie man es bei einem Gläubigen zu tun pflegte.

Ferner bat der Sohn, unsere Waisenjungen möchten bitte kommen und mit den Posaunen blasen.

So wurde die Beerdigung des gläubig verstorbenen Vaters zu einem Zeugnis für den ganzen Ort. Es kamen viele Heiden zur Trauerfeier. Der Missionar hat ihnen von Jesus sagen und ihnen den Weg zur Herrlichkeit erklären dürfen. Etliche kamen dadurch zum Glauben an den Erlöser und haben durch ihr Zeugnis bald andere nach sich gezogen.

Erst viel später folgte dann noch die Mutter dem Ruf Jesu. Es war die Frucht der Gebete ihres Sohnes.

Da sahen wir, was es ausmacht, wenn ein Mensch es wagt, treu auf der Seite des Heilandes zu stehen, auch wenn das mit Spott und Hohn, Verachtung und Verfolgung verbunden ist.

Ich mußte oft denken: „Wie leicht haben wir es eigentlich in der Heimat." Und doch habe ich kaum je glücklichere Menschen gefunden als die zum Glauben durchgedrungenen Chinesen.

Es ist mein Gebet, daß der Herr noch viele herausretten möchte, um für ihn zu zeugen, so wie sich dieser junge Apotheker hat retten und brauchen lassen. Gelobt sei Gott, der sich mächtig erwiesen hat und heute noch derselbe ist.

Drei Pastoren, die um Jesu willen gekreuzigt wurden

Dr. Keller war Leiter der Bibelschule in Changsha. Es war seine Aufgabe, gläubige Chinesen auszubilden, damit sie ihren Landsleuten das Evangelium bringen konnten. Schon viele treue Zeugen sind aus der Bibelschule hervorgegangen und haben an verschiedenen Orten, über viele Provinzen verstreut, den Menschen von Jesus gesagt.

Drei junge Männer, die die Examen bestanden hatten und nun bereit waren, ihren Dienst als Pastoren anzutreten, durften noch für ein paar Tage nach Hause gehen, um sich von ihren Eltern und von ihrer Familie zu verabschieden, bevor sie an die ihnen zugewiesenen Orte reisten.

Als die drei auf dem Weg ins Inland waren, wurden sie plötzlich von den Kommunisten überfallen und gekreuzigt. Drei Tage und drei Nächte haben die jungen Pastoren am Kreuz gehangen und gelitten um Jesu willen. Man kann sich gar nicht vorstellen, was es für sie gewesen sein muß, unter unerträglichen Schmerzen und umgeben von einer rohen Schar zu verbluten. Man rief ihnen zu: „Sagt Christus ab, dann seid ihr frei!" Gott sei Lob und Dank dafür, daß er den drei Männern die Kraft zum Dulden, Leiden und Ausharren gegeben hat. Nach dreitägiger Marter sind alle drei glorreich heimgegangen.

Wir hätten ja wohl nie etwas von dieser Schreckenstat gehört, wenn sich nicht einer der mitbeteiligten Kommunisten durch das heldenhafte Sterben der Pastoren für Jesus entschieden hätte.

So haben wir oft erleben dürfen, daß andere an den Platz der Märtyrer getreten sind und daß der Tod der Diener Gottes immer eine Saat war. Sagt ja Jesus schon: „Wahrlich, wahrlich, ich sage euch: Es sei denn, daß das Weizenkorn in die Erde falle und ersterbe, so bleibt's allein; wo es aber erstirbt, so bringt es viele Früchte" (Joh. 12, 24).

Die Schlange im Bett

Eine liebe Christin, die sich zu unserer Gemeinde zählte, hatte, als sie noch nichts von Jesus wußte, ein kleines Kind angenommen, um es zu pflegen und zu erziehen. Das Kind, es war ein Büblein, gedieh prächtig unter den Händen der sorgsamen Pflegemutter. Diese „besorgte" ihm später eine Frau, und nun lebten die drei zusammen als eine glückliche Familie, bis die Pflegemutter von Jesus hörte und ihn als persönlichen Herrn aufnahm. Der Sohn, den sie selbst im heidnischen Glauben auferzogen hatte, konnte gar nicht begreifen, wie man nur so etwas tun konnte. Er selbst war ein eifriger Götzendiener und fing an, seine liebe Pflegemutter zu plagen. Wenn sie sonntags zu uns kam, mußte sie ungegessen bleiben. Der Sohn sagte zu ihr: „Du kannst essen, wo du willst, aber nicht bei uns." — So wurde es immer schwerer für die Christin; aber sie hat nie geklagt, und wir wußten nichts von alledem.

So kam denn die Frau jeden Sonntagmorgen schon zur Gebetsstunde, die dem Gottesdienst vorausging, und nahm den ganzen Tag nichts zu sich, als nur eine Tasse Tee, die man den Leuten nach dem Gottesdienst reichte; aber die liebe Gläubige nahm das gar nicht tragisch. Sie dachte, es sei recht, am Sonntag zu fasten, damit der Segen des Herrn um so ungehinderter fließen könne.

Der Sohn wurde immer ungehaltener über seine Pflegemutter und dachte sich etwas Böses aus.

Wieder war es Sonntag geworden, und bei uns war Konferenz, wo die Gläubigen von nah und fern kamen und den ganzen Tag blieben. Die genannte Christin war auch dabei und freute sich von Herzen an dem, was der Herr ihr neu wieder zu schenken hatte. Als sie abends ziemlich spät und nach langem Weg müde nach Hause kam und sich zu Bett legen wollte, lag zu ihrem maßlosen Schrecken eine große Schlange unter der Decke.

Da sich die Schlange nicht bewegte, wußte sie nicht, ob es eine tote oder eine lebendige sei, packte sie aber geschickt hinter dem Kopf und warf sie zum Zimmer hinaus mit dem Ausruf: „Geh hinaus, du Teufel! Du hast in meinem Zimmer nichts zu tun!"

Der Sohn hatte nicht mit einer solchen Wendung gerechnet; er dachte, die Pflegemutter würde beim bloßen Anblick der Schlange einen Herzschlag bekommen. Dann wäre er schnell in ihr Zimmer geeilt, um zu sehen, was vorgefallen sei und hätte die Schlange „entdeckt" und hinausgeworfen und ein großes Klagegeschrei angefangen. — Nun, das konnte er sich alles ersparen. — Es war zwar für die ältere Frau kein Kinderspiel, sich so erschrecken zu lassen; aber der Herr hat ihr Kraft gegeben.

Als sie das nächste Mal zu uns kam, erzählte sie uns alles. Dabei erfuhren wir auch, was wir bis dahin nicht wußten, daß die liebe Christin, obwohl sie jeden Sonntag weit zu gehen hatte, nie etwas zu essen bekam.

Als ich das hörte, beugte ich mich vor dem Herrn und fragte mich, ob so etwas wohl in der Heimat auch möglich wäre, um Jesu willen einen ganzen Tag zu fasten. Ich hatte oft den Eindruck, unsere Chinesen seien im Glauben viel weiter als wir zu Hause. Wenn irgend etwas kam, was dem Fleisch unangenehm sein wollte, dann sagten unsere gläubigen Chinesen einfach: „Das hat Gott *so* verordnet." Dabei betonten sie das „so" ganz fest, daß jedermann, der es hörte, wußte, daß es da gar nichts mehr zu diskutieren gab, daß es so, wie Gott es verordnet hatte, in Ordnung sei.

Ich möchte wünschen, daß alle, die das lesen, sich dieses Sätzlein auch aneignen würden; ich meine nicht nur auswendig lernen, sondern als Bestandteil des persönlichen Gottlebens aufnehmen würden, um in allen Situationen sagen zu können: *„Das hat Gott so verordnet!"* Auf diese Weise kommt man aus dem Klagen und Murren ins Loben und Danken. Man muß einmal vom Jammertal ins Lobetal umgezogen sein, sonst will es gar nicht recht gehen mit dem Loben und Preisen.

Sobald wir wußten, daß die Frau, die jeden Sonntag zweimal einen so weiten Weg zu gehen hatte, nichts zu essen erhielt, suchten wir eine Möglichkeit, ihr Reis zu geben, ohne daß die vielen anderen Besucher es merken sollten. Ich gab einer Bibelfrau den Auftrag, diese Christin mittags ganz unbemerkt in ein Zimmer zu führen und ihr zu essen zu geben. Wir hatten unsere Gründe, warum wir so sorgfältig vorgingen. Wir wollten ja keine „Reischristen" erziehen, sonst hätten wir sofort die Halle voll Reishungriger gehabt. Wir suchten aber Menschen, die nach Jesus hungerten und auch bereit waren, zu verzichten um seines Namens willen.

So hatten wir in unserer Gemeinde viele Märtyrer, die nicht erschlagen oder erschossen worden sind, aber die ihr Leben lang still geduldet und gelitten haben.

Gelobt sei der Herr, der Menschenkinder herausretten kann und ihnen Mut und Kraft schenkt, für ihn zu leiden. Wer für ihn leidet, der wird auch mit ihm gekrönt werden.

„Freuet euch, daß ihr mit Christus leidet, auf daß ihr auch zur Zeit der Offenbarung seiner Herrlichkeit Freude und Wonne haben möget“ (1. Petr. 4, 13).

Meine gehorsame Mieze

Einmal hielt ich Versammlung für Heidenfrauen. Es waren auch einige Christenfrauen dabei, um ihr Zeugnis zu geben. Damit die Chinesenfrauen meine Botschaft besser verstehen konnten, hatte ich ihnen ein Bild mitgebracht, auf dem zwei einladende Hände zu sehen waren, die sich still allen Zuhörerinnen entgegenstreckten und zu sagen schienen: „Komm, komm!“ — Nun erzählte ich den Frauen von Jesus, von seinem Leiden und Sterben und sagte ihnen, daß Jesus alle einlädt, zu ihm zu kommen. „Kommet her zu mir alle, die ihr mühselig und beladen seid, ich will euch erquicken“ (Matth. 11, 28). Dabei lud ich die Frauen in ihrer Sprache ein, zu Jesus zu kommen und rief: „Lai, lai! (d. h. komm, komm!) Komm zum Heiland; er wartet auf dich. Er hat dich lieb und will dir helfen und dich erretten. Er will dir deine Sünden vergeben. Wer möchte gerade *heute* zum Heiland kommen? Wer möchte ihn jetzt gerade annehmen?“ — Niemand rührte sich. Niemand war bereit, den Schritt zu wagen. Damit gab ich mich aber nicht zufrieden, sondern erzählte weiter und erklärte ihnen die Bedeutung des Kreuzes und lud sie anschließend nochmals ein, sich doch ganz Jesus zu übergeben.

Als ich die Frauen zum drittenmal einlud, der Einladung Folge zu leisten, rief ich noch einmal ganz laut: „Lai, lai!“ —

Keine der Frauen bewegte sich; aber nun geschah etwas ganz Unvorhergesehenes.

Ich hatte eine Katze in meinem Hause, weil auch Ratten da logierten, die mir sogar einmal ein Loch durch die Tür genagt hatten. Die Katze war sehr gehorsam und zeigte den Ratten den Meister. Da es Sommerzeit war, ließen wir die Tür zum Versammlungsraum offen, und so mußte offenbar meine Mieze draußen mein Rufen gehört haben und trippelte rasch durch die geöffnete Tür herein und kam nach vorn. Es war ganz mäuschenstill im Raum, und alle Frauen schauten gespannt, was jetzt noch werden solle.

Meine Katze sprang aufs Podium vor mich hin und rief dreimal laut: „Miau, miau, miau", was in ihrer Sprache so viel heißen sollte wie: „Hier bin ich, was willst du von mir?"

Als die Frauen hörten und sahen, was da vor sich ging, gab es eine große Aufregung unter ihnen. Sie steckten die Köpfe zusammen und diskutierten über den Gehorsam der Katze. Ich dachte: „So, jetzt brauche ich kein Wort mehr zu sagen. Gott hat meine liebe Miezekatze gebraucht, um zu den Frauen zu reden."

Ich nahm meine gehorsame Katze auf den Arm und sagte zu ihr, so daß es alle verstehen konnten: „Mieze, das freut mich, daß du so gut aufgepaßt hast und so gehorsam bist und sofort gekommen bist; aber diesmal habe ich nicht dich gemeint, sondern die Frauen. Nun kannst du wieder nach Hause gehen; ich habe dich nicht gerufen." Dann stellte ich sie wieder auf den Boden. Auf leisen Sohlen trippelte sie rasch weg.

Da hörte ich, wie die Frauen unter sich sagten: „Wir müssen uns ja vor der Katze unserer Missionarin schämen."

Plötzlich stand eine Heidenfrau auf und sagte: „Von deiner Katze laß ich mich nicht blamieren, als ob die besser hörte als ich und besser gehorchen könnte als ich. Ich weiß genau, daß Jesus mich gemeint hat, und jetzt bitte ich dich: Schreibe mich auf. Ich möchte zu Jesus kommen und an ihn glauben. Ich möchte deine Taufbewerberin werden."

Oh, wie hat mich das gefreut! Die Freude wurde noch größer, als dann erst noch die andern miteinstimmten und wie im Chor sagten: „Wir wollen auch gehorsam sein. Von deiner Katze lassen wir uns nicht beschämen."

So hat der Herr ein Tier gebrauchen können, um Menschen zu zeigen, was sein heiliger Wille ist.

Als ich nach Hause zurückkehrte, rief ich meine Mieze zu mir und sagte ihr: „Du warst sehr gehorsam, und deshalb bekommst du jetzt ein Fischlein." Das hatte sie am allerliebsten. — Ob sie wohl wußte, was sie mir und dem Herrn für einen Dienst getan hatte? — Ich kann's nicht sagen.

Jedenfalls hat ihr das Fischlein gut geschmeckt.

Wie wahr ist es doch, daß der Herr seine Wege hat, um Menschen herumzuholen. Ich freute mich, jubelte und jauchzte, daß der Herr eine Taufbewerberin geschenkt hatte, die ich nun lesen lehren und unterrichten durfte. — So hat der Herr mich erfreut und erquickt. Ihm sei Preis und Dank dafür.

„Herr, schenke uns eine Erweckung und fange bei mir an"

Wir beteten während längerer Zeit um eine Erweckung. Dazu ließen wir auch Buchzeichen drucken mit der Aufschrift: „Herr, schenke uns eine Erweckung und fange bei mir an!" und verteilten diese an alle Christen und Taufbewerber unserer Gemeinde, damit sie jeden Tag beim Bibellesen an das Gebetsanliegen erinnert würden.

Auch wir auf der Außenstation beteten nicht weniger ernstlich, daß doch der Herr bald eingreifen und uns die ersehnte Erweckung schenken möchte. Irgendwie fühlten wir alle, daß er es auf eine Weise tun würde, wie wir's nie zuvor erlebt hatten. Wie wahr unsere diesbezüglichen Vermutungen waren, sollte sich bald erweisen.

Als wir gerade vor unserer großen, ein paar Tage dauernden Januar-Konferenz standen, ging ich einmal ins Zimmer des Missionars und fühlte mich gedrungen zu sagen: „Ich weiß nicht, was es zu bedeuten hat, daß alles so still ist, wenn man auf eine Erweckung wartet. Entweder ist es Stille vor dem Sturm, oder es kommt sonst noch irgend etwas." — Wir waren immer noch im Zimmer beisammen, als ein Bote ganz durchnäßt und außer Atem den Raum betrat. — Es war ein ehemaliger Waisenhausknabe, der auf der Außenstation als Hilfe dem Prediger zur Seite gestellt worden war.

„Missionar", begann der Erschrecken erregende junge Mann, „es ist ein furchtbares Unglück geschehen." Fast brachte er die Worte nicht über die Lippen. Uns wurde ganz bange, und mit größter Spannung und Erwartung hingen wir an seinen Lippen. „Wir fuhren mit dem Boot, auf dem sich 85 Personen befanden, wovon die meisten auf dem Weg zur Konferenz waren, und plötzlich kippte aus unerklärlichen Gründen das Boot um, und alle Leute stürzten in das kalte Wasser. Da ich schwimmen kann, habe ich getan, was ich konnte, um Leute ans Ufer zu bringen, und andere haben mit den Geretteten Wiederbelebungsversuche gemacht; aber 45 Personen, darunter 30 von unseren Leuten, konnten nicht mehr gerettet werden." Erschöpft hielt er inne.

Diese Nachricht war ein furchtbarer Schlag. Hatte Gott auf diese ungeahnte Weise unser Gebet erhört? Wir konnten es kaum fassen. Es stellte sich heraus, daß sich unter den Ertrunkenen etliche Frauen befanden, die an der Konferenz zum Bibelfrauendienst eingesegnet worden wären, und dazu noch eine Reihe junger, gläubiger Mädchen, die sich taufen lassen wollten; dann hatte es noch eine Anzahl Heiden, die nicht auf unsere Konferenz kommen wollten, das Leben gekostet. Der Schmerz über das Vorgefallene war unsäglich groß. Der Boden des Konferenzortes wurde mit vielen Tränen getränkt. Wir spürten, daß der Feind eine furchtbare Wut hatte, weil wir nun schon längere Zeit um eine Erweckung gebetet hatten, und er wollte alles dransetzen, zu bremsen und zu wehren; aber Gott sei Dank: Jesus ist Sieger und lebt!

Als sich — man kann schon sagen — die Trauergemeinde zur Konferenz einfand, stand der junge Gemeindehelfer auf und erzählte, was er auf dem Boot miterlebt hatte. Als der einzige, der gut schwimmen konnte, hat er vielen andern das Leben retten können; aber ach, es blieben leider noch viele im Fluß zurück, die nicht mehr gerettet werden konnten. Als er so erzählte, brach die ganze Gemeinde in Tränen aus. Warum mußte Gott so reden? Alle fühlten sich ganz direkt von Gottes Geist angerührt und taten Buße über ihre Lieblosigkeiten, über versteckte Sünden und über vieles andere.

Die Nachricht vom Bootsunglück ging wie ein Lauffeuer durch die ganze Provinz. Angehörige der Bootspassagiere reisten zwei bis drei Tagereisen weit, um zu sehen, ob ihre Lieben noch am Leben seien oder nicht.

Es war herzzerbrechend, mit anzusehen und zu hören, wie Kinder fast ganz erschöpft von der weiten Reise markerschütternd nach ihrer Mutter riefen. Väter, Mütter, Söhne und Töchter wurden gesucht und vermißt. — So etwas muß man miterlebt haben, um es verstehen zu können. Welche Freude für die Kinder, die ihre Eltern fanden und ihren Müttern weinend um den Hals fielen; aber welch bitteres Leid und welcher Schmerz für alle, die vergeblich suchten.

Alle Konferenzbesucher waren aufs tiefste erschüttert.

Ein ehemaliges Waisenhausmädchen, das mit etlichen andern zusammen hätte getauft werden sollen, kam als einziges Mädchen mit dem Leben davon. Die Gerettete erzählte in der Mädchenschule von dem, was sie miterlebte, und das hatte zur Folge, daß alle bis jetzt Unentschiedenen zu Jesus kamen.

Mit dem Unglück brach eine große Erweckung aus. Und obwohl es die schwerste Konferenz war, die wir jemals hatten in China, so haben wir doch erleben dürfen, wie der Geist Gottes durch die Reihen ging und wie viele Heiden unter ihren Sünden zusammenbrachen und sich retten ließen durch den Glauben an das Blut Jesu.

Der Missionar leitete sofort eine Suchaktion ein für die im Wasser Zurückgebliebenen. Es war keine leichte Sache, bis man sie alle gefunden hatte; aber man tat es den Angehörigen zulieb, und auch, weil die Chinesen es gar nicht verkraften können, wenn ein Mensch einen unnatürlichen Tod stirbt und nicht beerdigt werden kann. Wir haben viele von ihnen auf unsern Friedhof bringen lassen, damit sie christlich begraben werden könnten. Man hat ihre Särge aufgedeckt, damit die Angehörigen sich verabschieden konnten von ihren Lieben. Da lagen sie, die Frauen, die sich ganz dem Herrn zum Dienst geweiht hatten, und die Mädchen, die ihr Leben dem Heiland übergeben hatten und sich taufen lassen wollten.

Man kann nicht in Worte fassen, was das für eine Beerdigung war. Herzeleid über Herzeleid! Andererseits waren wir ja so dankbar, daß wir sie alle gefunden hatten, damit sich die Angehörigen auch besser mit dem Unglück abfinden konnten.

Daß mit der Erweckung auch eine ganz schwere Zeit einsetzte für uns, war nicht verwunderlich. Von überallher hörte man, die Götzen hätten sich gerächt, und viele Besucher kamen nicht mehr, aus Furcht, es könnte ihnen etwas zustoßen.

Wir wurden aber reichlich getröstet durch die Liebe unseres Herrn und wußten aufs bestimmteste, daß es nicht die Götzen waren, die sich gerächt hatten, nein, daß es der Herr selbst war, der seine Kinder — auf zwar ganz unbegreifliche Weise — zu sich genommen hatte.

Es war für uns eine große Freude, zu sehen und zu hören, wie der Herr den ehemaligen Waisenhausknaben für viele zum Segen setzte, und wir hofften immer im stillen, was er selber sich auch so sehnlich wünschte, daß er der erste Prediger würde, der aus der Waisenhausknabenschar hervorging. Als er kurz nach dem Unglück sein Erlebnis im Waisenhaus erzählte, hatte das zur Folge, daß die Waisenknaben, angerührt durch den Geist Gottes, ihr Leben ordneten, und viele, die noch nicht durchgedrungen waren, zum Glauben kamen. Gott hatte mit dem jungen Gemeindehelfer einen anderen Plan. Bald nach dem Unglücksfall, wurde er ernsthaft krank, da er sich im kalten Wasser zu sehr erkältet hatte, und unerwartet schnell nahm ihn der Herr heim zu sich. Er hat sein Leben gelassen für seine Brüder! Wir werden ihn beim Herrn wiedersehen. Sein plötzlicher Heimgang war ein großer Schmerz für uns alle, aber wir durften durch alles Leid hindurch herrliche Früchte der Erweckung sehen.

Gott hat uns bestätigt, daß er Gebete erhört; aber er hat uns auch gezeigt, daß die Art und Weise, wie er das tut, ganz ihm überlassen werden muß. Er hat geantwortet. Er hat uns Not und Elend gesandt und uns auch errettet. — Wir preisen selig, die erduldet haben. Wir preisen selig, die gläubig geworden sind und dem Heiland treu nachfolgten. Da hat sich das herrliche Psalmwort bestätigt: „Die mit Tränen säen, werden mit Freuden ernten. Sie gehen hin und weinen und tragen edlen Samen und kommen mit Freuden und bringen ihre Garben" (Ps. 126, 5. 6).

„Und red' ihm nicht darein!"

Meine Geschwister wohnten in der ummauerten Stadt Yüanchow, und ich wohnte außerhalb, wo auch eine Evangeliumshalle war.

Eines Abends hatte ich das große Verlangen, noch ein wenig auf die Straße zu gehen, um mit Menschen von Jesus zu reden. Auch wenn die Chinesen selten sofort begriffen, um was es ging, so konnten sie doch durch die persönliche Fühlungnahme angeregt werden, in die Halle zu kommen, um dort mehr von Jesus zu vernehmen.

So ging ich die Straße entlang und hatte sofort eine Gefolgschaft von Frauen, die sehen wollten, was die Ausländerin am Abend noch auf der Straße tun wollte. Etwas außerhalb blieb ich stehen, drehte mich um, grüßte freundlich und begann, den Leuten von Jesus zu erzählen. Das schien ihnen aber lange nicht soviel Eindruck zu machen, wie ich es gerne gewünscht hätte. Sie betrachteten mit Muße meine Kleidung und mein Gesicht, und ich flehte innerlich zum Herrn, er möge doch bitte machen, daß die Chinesenfrauen zuhörten und durch die Botschaft angesprochen würden. Nun lief zu meinem Schrecken plötzlich ein großes Mutterschwein daher und trat in den Kreis, der sich um mich gebildet hatte. Dann begann das Schwein auch noch, eine nach der andern zu beschnuppern. Am allerliebsten hätte ich dem Schwein einen leisen Fußtritt gegeben, um es aus unserer Mitte zu befördern; aber damit hätte ich die Leute maßlos schockiert, da die Schweine in der chinesischen Familie einen Ehrenplatz einnehmen und ihren Reichtum darstellen. So blieb mir gar nichts übrig, als in meinem Herzen zu schreien: „Erbarm dich, Herr Jesus, und hilf doch!"

Dem Schwein war es jedenfalls noch nicht genug, im ganzen Kreis herum alle, mich eingeschlossen, einmal abzuschnuppern. Es begann nochmals von vorn, kam zuletzt wieder zu mir, lehnte sich an meine Beine und ließ sich grunzend daran abrutschen, bis es auf meinen Füßen lag. Meine Schuhe waren so eingeklemmt, daß mir gar nichts anderes übrigblieb, als weiterzupredigen. — Was geschah nun? Wie aus einem Munde riefen die Chinesenfrauen: „Du hast Frieden! Du hast Frieden, sonst wäre das Schwein nicht zu dir gekommen, um bei deinen Füßen zu ruhen."

Damit war ihre ganze Aufmerksamkeit gewonnen und die Tür geöffnet. — „Ja, ich habe Frieden", bestätigte ich den Frauen, „und nun will ich euch erzählen, wie ich diesen Frieden gefunden habe."

Ich erzählte ihnen, wie ich zum Heiland gekommen sei und mußte mich dazu vor Gott beugen, daß ich mich innerlich so gegen das Schwein aufgelehnt hatte, das mir ja der Herr selbst gesandt hatte als Erhörung meines Hilferufes. Ganz deutlich stand wieder das Sätzlein vor mir, das mich der Herr auch in anderem Zusammenhang lehren mußte: *„Und red' ihm nicht darein!"*

Ich durfte ganz neu sehen, daß der Herr Gebete erhört; aber er ist bei den Erhörungen nie an unsere Meinungen gebunden.

Mit dankbarem Herzen kehrte ich später nach Hause zurück und war so glücklich, daß ich Menschen gefunden hatte, denen ich von Jesus erzählen durfte. Und das Schönste dabei war dann noch, daß die Botschaft Frucht trug und einige angeregt wurden, mehr von Jesus zu hören.

„Ach Herr, du großer und herrlicher Gott, wie führst du oft seltsame Wege, die wir zuerst gar nicht recht verstehen können; aber du weißt, daß ich ja gesagt habe zu deinen Wegen, welchergestalt sie auch immer sein mögen. Deine Wege sind Wunderwege. Hab Dank dafür. Amen."

Der Soldat und das Neue Testament

Als ich irgendwo auf einer Außenstation diente, kamen jeden Abend Soldaten zur Versammlung. Eines Tages sagte einer unter ihnen — es war ein ganz junger —: „Ich möchte gerne ein Neues Testament haben. Ich möchte lesen lernen und mehr vom Herrn Jesus hören." Gerne gab ihm der Prediger ein Neues Testament, und der Soldat ging frohgemut nach Hause. Wir freuten uns, daß er gehört hatte, daß Jesus auch sein Erlöser sei.

Am nächsten Tag kam der junge Soldat zu uns und sagte: „Hier ist das Neue Testament, ich möchte es wieder zurückgeben." Ganz erstaunt fragten wir: „Warum willst du denn das Testament wieder zurückgeben?" — „Ich bin noch zu jung", antwortete er. „Ich will mich bekehren, wenn ich alt bin." Ganz ernst erwiderte der Prediger: „Du weißt ja gar nicht, ob du alt wirst. Wo liegt der Grund, daß du es wieder zurückgeben willst?" — „Ich will's nicht mehr haben. Bitte, nimm es zurück." Dazu traten ihm fast die Tränen in die Augen. Der Prediger wollte es nicht nehmen und sagte: „Du hast dich doch so gefreut, das Testament zu erhalten. Du willst doch mehr von Jesus hören, um ihm von Herzen nachfolgen zu lernen; dann kann ich doch das Testament nicht wieder zurücknehmen." — „Bitte", wiederholte der junge Soldat nochmals, „nimm's zurück, ich kann den Spott meiner Kameraden nicht ertragen."

Dieser Aussage entnahmen wir, daß die Kameraden, die auch zur Versammlung kamen, ihm sehr zugesetzt hatten. Da er noch kein Christ war, konnte er diesen Spott nicht ertragen und wollte das Büchlein rasch wieder loswerden.

Nochmals rief ihm der Prediger in Erinnerung, daß er nicht wisse, ob er alt werde, er könne ja heute schon sterben, wenn es Gott so beschlossen habe. Der Soldat war aber froh, daß er das Testament nicht mehr mit sich zu nehmen brauchte. Das andere bekümmerte ihn wenig.

In diesem Moment trat der Offizier der Truppe ein. Er hatte einen Teil des Gesprächs mitangehört und sagte zum Prediger: „Bitte, gib mir das Neue Testament. Ich möchte es haben und möchte von Jesus lernen." Er nahm es dankend entgegen, und dann gingen Offizier und Soldat heim.

Am Abend war wieder Versammlung, zu der die Soldaten wieder erschienen. Auch der Offizier war zugegen und hörte gespannt zu. Mitten in der Versammlung hörten wir plötzlich Posaunenstöße. Der Offizier und die Soldaten sprangen auf und eilten weg. Wir standen auch auf und schauten nach, was das zu bedeuten hätte, dann hieß es: „Die Räuber kommen!"

Die Soldaten hatten den Auftrag, den Ort zu verteidigen und die Räuber zu verfolgen und zu schlagen.

Das gab eine furchtbare Nacht. Wir beteten und harrten der Dinge, die da kommen sollten. Wenn die Soldaten von den Räubern in die Flucht geschlagen würden, dann würden sich die Räuber bestimmt furchtbar rächen an dem Ort. Von anderen Räuberüberfällen her wußte man ja zur Genüge, welch grausame Mittel diese herzlosen Menschen anzuwenden pflegten. An vielen Orten wurden die Häuser geplündert, die Leute gefangen weggeführt und ganze Dörfer niedergebrannt.

Man kann verstehen, daß in dieser Nacht nicht viele Leute schliefen. Es herrschte gespannte Stille im Dorf. Nichts regte sich. Kein Hund muckste sich, auch wenn sie doch sonst ganze Nächte durch bellten.

Ich fand auch keinen Schlaf, aber nicht in erster Linie aus Furcht vor der drohenden Gefahr, sondern vielmehr, weil ich an den jungen Soldaten denken mußte, der ausgerechnet an diesem Tag das Neue Testament zurückgegeben hatte. Dazu stand mir auch der Offizier immer wieder vor Augen. Ich war innerlich getrieben, fest für die beiden zu beten.

Die Räuber kamen nicht, aber auch von den Soldaten hörte man nichts. Ganz früh am nächsten Morgen — es war noch Dämmerung — ging ich auf die Straße und dachte: „Nun will ich warten, bis irgend jemand kommt." Ich hoffte, daß der erste Mensch, der mir begegnen würde, mir auch Bericht geben könnte über das, was vorgefallen war in der Nacht; denn soviel war mir klar; wären die Soldaten geschlagen worden, dann wären die Räuber ins Dorf gedrungen.

So stand ich auf einem Stein an der Straße und blickte angestrengt in die Ferne, ob ich nicht jemanden kommen sähe.

Als es Morgen wurde, sah ich ganz weit weg eine Gruppe Menschen daherkommen. Als sie etwas näher waren, konnte ich sehen, daß es Männer waren, die eine Bahre trugen. Ich betete und schrie zu Gott für den, der auf der Bahre lag und war innerlich ganz erregt. „Herr Jesus", betete ich, „sag mir, wer ist es, der auf der Bahre liegt? Lebt er noch, oder ist er schon tot? Erbarme dich über ihn." Als die Träger schon ganz nahe waren, entdeckte ich, daß das Gesicht des auf der Bahre Liegenden aufgedeckt war; folgedessen mußte er noch am Leben sein. Als ich sah, daß das Leintuch, womit sein schrecklich verwundeter Körper teilweise bedeckt war, ganz rot durchtränkt war von Blut, schrie ich laut auf: „Ach Herr, erbarme dich seiner!" Wer war der zum Tod Geweihte, der mir da zu Füßen vorbeigetragen wurde? Ich konnte es kaum fassen; ich mußte mich festhalten, damit ich nicht vom Stein fiel. — Es war der junge Soldat. In diesem Moment hörte ich die Worte wieder in meinen Ohren klingen: „Ich bin zu jung; ich will mich bekehren, wenn ich alt bin."

Er mußte meinen Gebetsschrei vernommen haben, denn er richtete seine brechenden Augen aus dem schmerzverzerrten Gesicht auf mich und sah mich tieftraurig an. Nochmals rief ich so laut, daß er es hören mußte: „Herr Jesus, erbarme dich und hilf ihm!" Ich hoffe nur, daß er noch Gelegenheit fand, selbst den Namen Jesus anzurufen. Ganz betrübt ging ich nach Hause und mußte meinem schmerzerfüllten Herzen Luft machen, weinte und bat inbrünstig um die Seele des jungen Soldaten.

Als ich nach ein paar Stunden wieder auf die Straße ging, sah ich auf dem Platz zu meinem Entsetzen einen Sarg stehen. Sofort fragte ich die herumstehenden Soldaten: „Wer ist denn da gestorben?" — Ganz unbeteiligt gaben sie zur Antwort: „Kannst selber nachschauen." Als der Sargdeckel abgenommen wurde, lag der junge Soldat vor mir. Unwillkürlich mußte ich an einen Vers denken, den wir in der Heimat als Kinder oft gesungen hatten:

Gestern noch auf stolzen Rossen,
heute durch die Brust geschossen;
morgen in das kühle Grab.

Der junge Soldat, der sich am vorangehenden Tag noch zu jung geglaubt hatte, Jesus anzunehmen, wurde noch am selben Tag ins Grab gelegt. Der Schmerz, den ich dabei empfand, kann nicht in Worte gefaßt werden.

Dazu schaute ich immer nach dem Offizier aus. Ich betete für ihn und traute es meinem Herrn zu, daß er sich an ihm verherrlicht hatte.

Am Abend war wieder Versammlung. Die Soldaten, die so gespottet hatten, kamen auch wieder; aber der Offizier war nicht dabei. Mein Herz mußte im stillen weinen, und immer wieder rief ich zum Herrn und sagte: „Ach lieber Heiland, bitte gib mir Antwort und sag mir, wo der Offizier ist. Wie geht es ihm?"

Der Prediger hatte die Versammlung schon angefangen, als plötzlich die Tür aufgerissen wurde und — der Offizier hereinstürmte. Er sah ganz aufgeregt aus und eilte, das Neue Testament in der Rechten haltend, nach vorn und fragte den Prediger, ob er nicht ein Zeugnis geben dürfe. „Ja, gerne", antwortete dieser. Da stand er nun vor der Versammlung, ganz erschüttert und noch unter dem Eindruck der letzten Geschehnisse.

„Ihr wißt ja alle", begann er, „was sich gestern abend zugetragen hat. Wir wurden alarmiert, um die Räuber zu bekämpfen. Leider hat uns eine Frau verraten, indem sie die Räuber in ihr Haus eintreten ließ. Es war furchtbar schwer, das Haus zu stürmen, da die Eingänge verrammelt und die Räuber bereit waren, ihr Leben bis aufs äußerste zu verteidigen.

Als Offizier mußte ich vorangehen und habe die Tür aufgebrochen. Kaum aber daß die Tür auch nur eine Spalte geöffnet war, spürte ich schon einen Gewehrlauf auf meiner Brust, gerade da, wo ich das Neue Testament hatte. Und nun ging alles blitzschnell. Ich rief zum erstenmal in meinem Leben zu dem lebendigen Gott: ‚O Gott, hilf mir!' Und was geschah? Der Schuß ging nicht los. Sofort legte der Räuber noch einmal an der gleichen Stelle an und versuchte wieder, einen Schuß abzufeuern, aber der ging auch nicht los. Bevor ich ihn übermochte, hat er noch einen dritten und letzten Versuch gemacht, auf mich zu feuern und legte mir den Lauf wunderbarerweise wieder aufs Neue Testament. Nochmals schrie ich zu dem Gott des Himmels, er solle sich meiner erbarmen, und auch diesmal ging der Schuß nicht los. Dann gewann ich die Oberhand. Nun aber stürzten die Räuber wie wilde Löwen aus dem Haus und stürmten auf die Soldaten los und verwundeten, wen sie konnten. So wurde auch der junge Soldat, der leider heute schon gestorben ist, schwer verletzt." Dann fuhr er fort, indem er das Neue Testament in seiner Hand emporhielt: „Das Buch, das ich in der Hand habe, hat letzte Nacht mein Leben gerettet. Es ist das Buch des lebendigen Gottes. Ich glaube an diesen Gott, denn er ist mir begegnet und hat mein Leben gerettet. Ich möchte euch allen sagen: Laßt euch ein Neues Testament geben und glaubt an diesen Gott, der mein Leben gerettet hat."

Jesus hat seinen Segen auf dieses ernste und packende Zeugnis gelegt. Die Dorfleute und Soldaten waren sehr ergriffen.

Wir hielten nachfolgend eine Dankesstunde und priesen unseren hochgelobten Herrn, der sich so mächtig offenbart hatte. „O Herr, du bist wunderbar in all deinem Tun und hilfst den Elenden herrlich. Gelobt seist du in Ewigkeit!"

Das Moskitonetz

Einmal kam ein Mann zum Missionar und erklärte, er möge nicht mehr weiterleben, sein Leben habe keinen Wert mehr. Ob er ihm nicht helfen könne und ihm sagen, ob es nicht ein besseres Leben gebe?

Mit großer Freude erzählte ihm der Missionar, daß Jesus gekommen sei, um den Menschen neues Leben zu bringen. Dafür aber habe er sterben müssen am Kreuz auf Golgatha und habe sein teures, kostbares Blut fließen lassen, um für all unsere Sünden zu bezahlen.

Der Mann hörte aufmerksam zu und konnte — was sonst bei den Chinesen selten der Fall war — sofort fassen, was ihm der Missionar sagte, und übergab sein Herz Jesus. Im gemeinsamen Gebet dankten sie dem Erlöser für seine wunderbare Liebe, die er unter Beweis gestellt hatte am Kreuz. — Für den Chinesen begann ein neues Leben, eines, das lebenswert war in der Nachfolge des Herrn.

Von da an besuchte er regelmäßig die Versammlungen, und man sah und merkte es ihm an, daß er wirklich nichts anderes wollte, als seinem Heiland zu leben.

Nicht lange nach der Bekehrung kam er zum Missionar und sagte: „Seit ich gläubig geworden bin, kann ich nicht mehr schlafen."

Darauf entgegnete der Missionar ganz erstaunt: „Was fehlt dir denn? Warum kannst du nicht schlafen? Wenn man gläubig geworden ist, hat man doch Frieden im Herzen, warum sollte man da nicht gut schlafen können?“

Bei den Chinesen ist es so, daß sie, wenn sie etwas bekennen sollen, lange drum herum reden und der Seelsorger oftmals durch langes Fragen selbst herauskriegen muß, was sie sagen möchten.

Der Missionar fragte den Mann, ob dies oder jenes schuld sei, daß er nicht schlafen könne; aber nichts von dem war schuld. Zuletzt sagte er: „Du mußt es mir sagen, wo es dir fehlt. Ich muß doch wissen, was du hast und warum du so traurig bist und nicht schlafen kannst.“ Aber der Chinese sagte nur in einem fort: „Herr, hilf mir doch, hilf mir doch.“

Dann fragte der Missionar etwas scheinbar Dummes: „Kannst du vielleicht nicht schlafen, weil du Moskitos im Zimmer hast?“ — „Ja, es hat sehr viele“, antwortete der Gefragte. „Hast du denn kein Moskitonetz?“ forschte der Missionar weiter. „Doch, ich habe eines, aber das ist es ja gerade, warum ich nicht schlafen kann.“ Also jetzt war man auf der Spur. „Aber“, fragte der Missionar weiter, „warum kannst du nicht schlafen, wenn du doch ein Moskitonetz hast?“ — „Jede Nacht, wenn ich im Bett liege und das Moskitonetz sehe, kann ich nicht mehr schlafen“, antwortete der Mann.

„Warum denn nicht?“ fragte der Missionar erstaunt. „Redet es mit dir?“ — „Ja, ja, das redet immer, wenn ich's sehe, und sagt: ‚Ich gehöre nicht dir!‘“ Nun war's heraus. Nun wußte der Missionar, wo es fehlte. Er war jetzt gerne bereit, dem Mann zu helfen, und riet ihm folgendes: „Trage das Moskitonetz wieder dorthin zurück, wo du es gestohlen hast, dann kannst du wieder ruhig schlafen; aber bevor du es zurückbringst, gehe an den Fluß und wasche es sauber und lasse es trocknen am Ufer. Wenn es trocken ist, dann legst du es schön zusammen und gehst zu den Leuten, denen du es entwendet hast, und bringst ihnen auch noch ein wenig Geld dazu für die Abnützung. Dann sagst du ihnen ganz ehrlich, warum du das Moskitonetz wieder zurückbringst. Sag ihnen, daß du jetzt an den Herrn Jesus gläubig geworden bist und dich deshalb dein Gewissen nicht mehr in Ruhe gelassen hat."

Der gläubige Chinese dankte ganz herzlich und ging froh und erleichtert nach Hause. Sofort machte er sich auf den Weg mit dem Moskitonetz und tat, wie ihm der Missionar empfohlen hatte.

Wie erstaunt waren die armen Leutchen, denen das Moskitonetz gehörte, als der Mann es zurückbrachte und ihnen auch noch das Geld für die Abnützung dazu gab. „Du, wir verklagen dich nicht", sagten sie. „So einen Dieb wie dich haben wir noch nie gesehen. Wir haben ja nicht gewußt, daß du uns das Netz gestohlen hast; aber daß ein Dieb etwas, was er gestohlen hat, selbst wieder zurückbringt, das haben wir noch gar nie erlebt. Jetzt sag uns aber noch, wie kommt denn das, daß du uns das Netz wieder zurückbringst?" Daraufhin erzählte ihnen der Mann, wie er gläubig geworden sei und wie er von da an nicht mehr habe schlafen können, weil ihn sein Gewissen nicht in Ruhe gelassen habe.

Die Leutchen hatten noch nie so etwas gehört und fragten ganz treuherzig: „Sag uns, wo wird man so, wie du geworden bist?" Gerne erzählte er ihnen, wie er zu Jesus gekommen sei. So fand der gläubige Chinese durch sein Bekenntnis zwei Menschen, die er einladen durfte und die auch an Jesus gläubig werden wollten.

Wir haben es oft erleben dürfen, daß durchs Sündenbekenntnis andere angespornt wurden, sich auch Jesus zu übergeben.

Der Herr kann heute noch Wunder tun, und darüber wollen wir uns von Herzen freuen.

Der gläubige Mann kam dann wieder zum Missionar zurück und hat ihm alles erzählt und dabei noch angefügt: „Und jetzt kann ich viel besser schlafen!" Das war Grund zum Danken und Loben. Ja, gelobt sei der Herr!

Die Kindermörderinnen

Als ich auf einer Außenstation Dienst tat, sagte die Frau die mir als Hilfe zur Seite gestellt war, eines Tages zu mir: „Ich habe auf dem Lande draußen noch eine Großmutter. Könntest du nicht zu ihr gehen und mit ihr reden, damit sie Jesus findet, bevor sie stirbt. Es hat auch noch junge Leute dort, die nichts von Jesus wissen."

Ich machte mich auf den Weg und kam in den Ort und fand auch bald die Großmutter, die ich besuchen sollte. Als ich anfing, ihr von Jesus zu erzählen, kam eine junge Frau in den Raum, die wohl auch zu dem Hause gehörte. Ich grüßte sie freundlich und sah, daß noch mehr Frauen eintraten und auch etliche Kinder da waren. Um die Aufmerksamkeit der Leute auf mich zu lenken, sagte ich: „Oh, habt ihr aber viele Kinder!" — Zu meinem Erstaunen sah ich aber nur Knaben. — Als Antwort lachten alle ganz spöttisch, und eine Frau sagte: „Wir hätten noch viel mehr." — „Ja, wo sind denn die andern?" fragte ich. „Die haben wir getötet", war die Antwort. Als ich das hörte, erschrak ich maßlos. Sie freuten sich offenbar an meinem Entsetzen und fingen eine nach der andern an, mir zu erzählen, wie viele Kinder sie getötet hatten. Eine der Frauen kam bis auf sieben! Die junge Frau des Hauses hatte auch viele getötet. Mir wurde furchtbar schwer zumute, und es erschütterte mich ganz, zu hören und zu sehen, wie weit abgeirrt diese Frauen waren. Ich hatte ja schon davon gehört, daß Chinesenfrauen ihre Mädchen getötet hatten, weil diese als völlig wertlos betrachtet wurden, aber so etwas Grauenvolles war mir doch noch nie begegnet.

Als ich nun den armen Frauen vom Sünderheiland erzählen wollte, unterbrach mich die junge Frau des Hauses und sagte: „Du brauchst uns gar nichts von dem zu erzählen. Ich bin noch jung und sterbe noch nicht. Geh zu der alten Frau und sag's der, die stirbt bald." Ich entgegnete ganz traurig: „Du weißt ja gar nicht, wie alt du wirst; ich möchte dir auch von Jesus erzählen. Ich habe doch extra einen so weiten Weg gemacht und bin in euer Dorf gekommen, um von Jesus zu sagen." Aber ich konnte gar nichts ausrichten. Sie jagte mich beinahe aus dem Hause fort, so böse war sie. Niemand wollte hören als die alte Frau; aber die verstand fast nichts und war schon so alt, daß sie es kaum mehr fassen konnte, was ich ihr sagte. So ging ich traurig und unverrichteterdinge wieder von dem Hause weg und versuchte, anderen Leuten des Dorfes die Botschaft zu bringen; aber überall herrschte dieselbe drückende Atmosphäre. Traurig zog ich weiter und betete: „Bitte, lieber Heiland, rede du zu den Leuten. Mich haben sie nicht angenommen und gehört."

Als ich schon wieder etwa drei Tage auf der Station zurück war, sagte die Frau, die bei mir war: „Du warst doch in dem Dorf, wo meine Großmutter wohnt?" — „Ja", entgegnete ich, „hast du eine Nachricht erhalten?" — „Ja, ja", gab sie ganz erregt zur Antwort. „Es ist etwas ganz Unerhörtes geschehen. Kannst du dich an die junge Frau erinnern, die im gleichen Hause wohnt wie die Großmutter? Du hast doch noch mit ihr gesprochen. — Die ist schon begraben."

Ganz erschrocken fragte ich: „Was ist sie? Schon begraben? Mit der wollte ich doch von Jesus reden, und sie hat mich schroff abgewiesen und wollte nichts hören. Wie ist denn das gekommen?"

Die Frau erzählte mir, ich sei kaum fort gewesen, sei die junge Frau schwer krank geworden. Ihr Zustand habe sich so rasch verschlimmert, daß man mit dem Tode habe rechnen müssen. In ihrem hohen Fieber habe sie plötzlich laut aufgeschrien und in die Ecke des Zimmers gezeigt und markerschütternd ausgerufen: „Sie kommen, sie kommen. Die Kinder, die ich getötet habe, kommen. Sie kommen an mein Lager und wollen mich in die Hölle ziehen."

Auf diese Weise sei das zwei Tage lang gegangen, bis sie endlich unter furchtbaren Qualen gestorben sei.

Bei dieser Schilderung hörte ich die Stimme der Frau in meinen Ohren klingen: „Ich bin noch jung, ich sterbe noch lange nicht!"

Meine Helferin erzählte mir noch weiter, daß sich nach ihrem

Tode ihr Gesichtsausdruck so stark verändert habe, daß alle Leute, die sie sahen, entsetzt stehenblieben und sagten: „Die sieht ja aus wie ein Teufel. Macht bitte den Sarg zu, daß wir sie nicht mehr sehen!"

Es ist gut, wenn man in der Heimat erfährt, was wir draußen für Dinge erlebt haben, damit man daraus lernen kann. „Gott läßt seiner nicht spotten. Denn was der Mensch sät, das wird er ernten" (Gal. 5, 7).

Jesus will allen helfen. Er ist „gekommen, zu suchen und selig zu machen, was verloren ist" (Luk. 19, 10).

Aber das ist großes Herzeleid, wenn Menschen den Erlöser abweisen und die ihnen angebotene Gnade so verschmähen. Wie schrecklich muß ein solches Sterben sein! Wie schrecklich muß es sein, in die Hölle fahren zu müssen!

Gott hat sehr laut geredet zum ganzen Dorf. Alle Leute haben das Sterben der jungen Frau miterlebt und konnten sich denken, daß, wenn sie nicht Buße tun, sie auch so sterben müssen.

Paulus schreibt im Römerbrief: „Wisset ihr nicht, welchem ihr euch begebet zu Knechten in Gehorsam, des Knechte seid ihr, dem ihr gehorsam seid, es sei der Sünde zum Tode oder dem Gehorsam zur Gerechtigkeit" (Kap. 6, 16).

Derjenige, dem wir in unserem Leben gedient haben, der holt uns beim Sterben auch ab. Haben wir dem Teufel gedient, dann kommen seine Diener und holen den Geist des Verstorbenen ab und bringen ihn in die Hölle. Haben wir aber uns vom Weg der Sünde abgewandt und sind zum lebendigen Glauben an unseren Heiland und Erlöser gekommen, dann holen uns seine Boten ab, um uns in die ewige Herrlichkeit zu bringen. Welch ein Unterschied. Die Entscheidung liegt bei uns! Im Himmel werden einmal nur „Freiwillige" sein; aber auch in der Hölle.

Es ist mein Gebet, daß sich doch der Herr noch vielen offenbaren möchte und noch viele zur Erkenntnis der Wahrheit kommen. Ihm sei Dank für alles, was er schon getan hat, und wir trauen's ihm zu, daß er noch Großes tun wird und auch uns noch einmal heimsuchen wird mit einer Erweckung. Ihm sei Lob und Dank dafür.

Wang-Po und ihre Frucht für Jesus

Schon am Anfang meines Aufenthalts in China fiel mir eine liebe alte Christin auf. Es war die Wang-Po. (Wang ist der Familienname, und Po heißt Frau.) Ich lernte sie kennen als Beterin und Missionarin. Sie ging gekrümmt einher und war nach menschlichen Begriffen nicht gerade die Gescheiteste; aber sie liebte Jesus mit nachahmenswerter Hingabe. Sie sah es als ihren größten Auftrag an, Menschen zu Jesus zu führen.

So brachte sie eines Tages wieder eine Frau an der Hand mit und sagte freudestrahlend: „Das ist meine Frucht für Jesus." Ich war höchst erstaunt zu hören, daß sie das sagen konnte, weil die Frau, die sie mit sich brachte, ein von Sünden gezeichnetes, hartes, ablehnendes Gesicht hatte; aber für die liebe Wang-Po war das alles kein Hindernis. Sie glaubte schon im voraus, und zwar war sie so überzeugt, daß es gar nichts zu diskutieren gab. — Ich fragte sie: „Wang-Po, wie heißt die Frau?" Ganz erstaunt, wie ich nur so etwas fragen konnte, antwortete sie: „Das ist doch Wang-Po", als sei es das Selbstverständlichste, daß man zuerst alle Verwandten, alle, die der gleichen Sippe angehören, zu Jesus führt, bevor man andere zu gewinnen sucht.

Zu jener Zeit war gerade große Hungersnot, und um den davon Betroffenen möglichst viel Gelegenheit zu geben, von Jesus zu hören, hatten wir jeden Tag Versammlung in der Halle. Die alte, gebückte, strahlende Wang-Po kam jedesmal mit ihrer „Frucht für Jesus" an der Hand zur Versammlung, damit diese von Jesus hören und sich ihm ganz öffnen möchte. Ich freute mich ganz fest, daß die andere Wang-Po mit ihr kam, und fragte sie: „Bist du gerne gekommen?" — „Nein", erwiderte die finster dreinblickende Frau, „ich will nicht kommen; aber ich muß.“ Warum mußte sie wohl kommen, wenn sie doch gar nicht wollte? Es war mir klar: Das waren die Gebete der gläubigen Wang-Po.

Dann fragte ich sie gewöhnlich nach der Versammlung: „Hast du Frieden?“ Sie schaute trotzig auf die andere Seite und antwortete: „Hab' keinen Frieden. Will auch gar nichts wissen.“ — „Warum kommst du denn?“ versuchte ich lieb zu fragen. Darauf erwiderte sie noch trotziger: „Ich hab dir's ja gesagt; ich will gar nicht; aber ich muß.“

So ging das eine ganze Weile. Ich erzählte meinen zwölf Bibelfrauen, die damals gerade bei mir waren, von der Wang-Po und bat sie, doch im Gebet für diese arme, gebundene Frau einzustehen. Ich sagte ihnen noch, daß, wenn die gläubige, alte Wang-Po diese mitgebracht habe, sie auch damit rechnen dürften, daß Gott die Gebete erhöre, weil jede, die von Wang-Po ins „Netz“ gezogen worden sei, Jesus gefunden hätte.

Meine Bibelfrauen beteten ganz ernstlich; aber es änderte sich nichts; Wang-Po fand keinen Frieden. Nach etlichen Wochen kamen die Bibelfrauen zu mir und sagten: „Missionarin, hör mal, bei der ist alles verloren; die hat heute noch das genau gleich steinharte Gesicht wie damals, als sie zum erstenmal kam. Sollen wir noch weiterbeten?“ — „O ja“, entgegnete ich, „betet nur weiter, es hat einen Wert. Habt ihr schon um sie geweint?“ Darauf sagten sie mir: „Das ist ein harter Boden.“ — Es ist vielerorts harter Boden; aber mit Tränen kann auch der härteste Boden aufgeweicht werden! — Die Bibelfrauen haben sich, ohne etwas zu sagen, zum Gebet zurückgezogen, und ich glaube, daß sie geweint haben um die Seele der Wang-Po, denn kurz darauf geschah das Wunder. Als eines Tages die beiden Wang-Po zur Tür hereinkamen, entdeckte ich, daß die „Frucht für Jesus“ ein ganz anderes Gesicht hatte. Schnell holte ich meine Bibelfrauen und sagte: „Kommt zu mir nach vorne; ich möchte euch etwas ganz Schönes zeigen.“ Sie kamen sofort — es war noch nicht Zeit zum Versammlungsbeginn — und schauten sich nach der Wang-Po um. Was hatte es nur zu bedeuten, daß diese plötzlich ein ganz anderes, ein so strahlendes Gesicht hatte?

„Weil ihr für Wang-Po gebetet und geweint habt“, begann ich, „dürft ihr jetzt auch dabeisein, wenn ich sie frage.“

„Wang-Po“, wandte ich mich zu der strahlenden Frau, die da vor mir saß, „hast du Frieden?“ Nun schaute sie nicht mehr wie sonst immer auf die andere Seite und auf den Boden, nein, sie schaute nach oben, faltete die Hände und antwortete: „Danke, Herr Jesus, daß ich Frieden gefunden habe. Danke, Herr Jesus, daß du mein Erlöser bist. Danke, Herr Jesus, daß du meine Sünden vergeben hast. Danke, Herr Jesus, daß du für mich am Kreuz gestorben bist und dein teures Blut für mich vergossen hast. Danke, Herr Jesus, daß du mich so innig lieb hast. Danke, Herr Jesus, daß ich einmal zu dir in den Himmel darf . . .“

Wir standen da und konnten das Wunder kaum fassen. Die Tränen rollten uns über die Wangen. Gott hatte ein großes Wunder getan. Er hatte ihr das Herz geöffnet, daß sie den Weg zu Jesus finden durfte.

Ich fragte sie: „Wang-Po, sag mal, seit wann weißt du das alles?“ — „Seit heute morgen“, war die Antwort. „Ja, wie ging denn das vor sich?“ forschte ich weiter. „Das weiß ich auch nicht“, entgegnete sie, „es ist von da oben“ — dabei deutete sie mit dem Finger nach oben — „heruntergekommen und ist in mein Herz gekommen, und jetzt ist es drin.“ — Oh, wie wir uns da gefreut haben. Auch die alte Wang-Po strahlte vor Glück.

Nach ein paar Tagen aber vermißten wir plötzlich die neubekehrte Wang-Po. Als wir uns nach ihr erkundigten, hieß es: „Wang-Po ist schwer krank; sie hat nach euch gefragt.“ Sofort machten wir uns auf den Weg, um sie zu besuchen. Als wir zu ihr kamen, sagte sie voller Freude: „Der Herr Jesus hat mir gezeigt, daß ich bald in den Himmel gehe. Nun habe ich noch einen Wunsch; ich wäre so gerne vorher noch getauft worden.“ Gerne wollten wir ihr diesen Wunsch noch erfüllen und holten rasch den Prediger herbei.

Als wir wieder auf dem Hof des betreffenden Hauses angelangt waren, rief ich nach der alten Wang-Po, nahm sie bei der Hand und sagte zu ihr: „Wang-Po, jetzt wird deine ‚Frucht für Jesus' getauft." Die alte Wang-Po hatte nie viel Worte gemacht; aber dafür um so mehr gebetet. So sagte sie als Antwort nur das eine Sätzchen: „Danke, Herr Jesus, wieder eine."

Als wir die sterbende Wang-Po tauften, war Gottes Gegenwart so spürbar und das Antlitz der Gläubigen leuchtete so sehr, daß wir glaubten, sie gehe gerade in dem Moment von uns. Sie blieb aber noch da, wenn auch nur noch für ganz kurze Zeit; denn als wir kaum zu Hause angekommen waren, kam ein Bote und teilte uns mit, Wang-Po sei gestorben. — Welch seliges Sterben, wenn man errettet und befreit ist und zu Jesus gehen darf!

Am nächsten Sonntag brachte die alte Wang-Po schon wieder die nächste „Frucht für Jesus" zur Versammlung. Eine nach der andern hat sie so zu Jesus geführt, daß wir nur staunen mußten. Immer wenn ich an die liebe Menschenfischerin zurückdenke, kommt mir in den Sinn, wie es im Refrain eines Liedes heißt:

Brüder, Schwestern, kommt von nah und fern;
einen nach dem andern führet her zum Herrn!

„O Herr, wir danken dir, daß du noch heute der Lebendige und Wirkende bist und daß du noch viele aus dem Schlamm der Sünde retten willst durch dein vergossenes Blut. Schenke du es, daß sich noch viele Gläubige brauchen lassen wie die alte Wang-Po, Menschen zu dir zu führen. Amen."

Das Lied am Weihnachtsabend

Es war Kriegszeit. Jeden Abend kamen viele Soldaten in unsere Versammlung, um von dem ausländischen Gott zu hören. Wieder ging es auf Weihnachten zu, als Jesus mir eines Tages den Auftrag gab, am Weihnachtsfest die Botschaft zu geben. Da das aber die Aufgabe des Predigers war, wurde ich innerlich unruhig und wußte nicht recht, wie ich vorgehen sollte. Wenn Gott mir aber einen Auftrag gegeben hatte, dann brauchte ich ja auch gar nicht um das weitere Vorgehen zu sorgen, darum verwunderte es mich nicht stark, als der Prediger zu mir sagte: „Missionarin, seien Sie bitte so gut und geben Sie die Weihnachtsbotschaft, ich habe es im Hals und kann nicht gut reden."

Ich nahm den Auftrag als aus der Hand des Herrn kommend entgegen und bereitete mich darauf vor.

Es kamen viele Leute zum Weihnachtsfest, und auch die Soldaten kamen wieder. Ich war innerlich getrieben, mit den Leuten einen Chorus zu singen. Da die Melodie chinesisch war, konnten ihn alle sofort und sangen mit Begeisterung mit: „Alle von . . . können errettet sein." Dabei nannte ich vor jeder Strophe immer den Namen einer Provinz und einer sich darin befindenden Stadt. Mit Hingabe sangen sie: „Hunan tih ren neng teh-chiu, Yüanchow tih ren neng teh-chiu" usw.

Als wir den Namen einer bestimmten Stadt sangen, stand nach der Strophe plötzlich ein Soldat auf und rief ganz laut: „Das gilt mir; ich wohne in dieser Stadt, und ich möchte Taufbewerber werden." — Das war ein herrliches Weihnachtsgeschenk für uns, und wir freuten uns, daß der Herr ein so einfaches Mittel wie diesen chinesischen Chorus gebraucht hatte, um mit den Leuten zu reden. Ihm sei Dank dafür!

Bibeltage mit den Soldaten

Am zweiten Weihnachtstag kam ein Brief von den Soldaten, in dem geschrieben stand: „Missionarin, wir möchten gerne von unseren Sünden loswerden. Kannst du uns helfen?" Da ich wußte, daß die Soldaten den ganzen Tag frei waren, arrangierte ich für sie eine spezielle Versammlung. Wir richteten einen großen Tisch her, stellten Bänke drumherum, und nun saßen sie da vor mir, die wahrheitshungrigen Soldaten, und wollten wissen, wie man frei werden kann von den Sünden.

Ich erzählte ihnen von Jesus, von seinem Leiden und Sterben und wie ich ihn als meinen persönlichen Heiland erfahren habe.

Die Soldaten waren so tief beeindruckt von allem, was ich ihnen mitteilte, daß sie mich baten, die Versammlung mit ihnen in den nächsten Tagen fortzusetzen. Gerne entsprach ich ihrem Wunsch und unterwies sie etliche Tage in Gottes Wort. Gottes Geist arbeitete sehr an ihren Herzen, und ich merkte, wie nahe sie alle bei Jesus waren.

Eines Tages mußten sie Schützengräben ausheben, da sie aufs neue von Kommunisten bedroht wurden. Nachher kamen sie zu mir und erzählten: „Missionarin, heute waren wir in Todesgefahr; aber dein Gott hat uns errettet, und jetzt möchten wir an ihn glauben." Das war die herrliche Frucht der Bibeltage, die Gott so reich gesegnet hatte.

So oft sich nun die Soldaten frei machen konnten, kamen sie, um mehr über Jesus zu erfahren.

Wieder einmal saßen wir um den Tisch herum beisammen, als Schwester Anna Welsch aus der Stadt zu mir kam, um mich zu besuchen. Als sie sah, was da vor sich ging, mußte sie weinen vor Freude und meinte: „So etwas habe ich noch gar nie gesehen in China. Das ist ja wie an einer Bibelwoche zu Hause."

Voller Freude erzählte sie davon bei Bruder Becker. Dieser ließ mir mitteilen, ich solle doch so freundlich sein und die Soldaten einladen, zu einem Besuch zu ihm zu kommen. Es machte den Soldaten Freude, Missionar Becker zu besuchen. Der war so erstaunt über den Glaubensstand der Soldaten, daß er mir in einem Brieflein mitteilte, sie seien alle schon für die Taufe bereit. Welche Freude! So wurden die Soldaten zur Tauffeier, die gewöhnlich auf der Hauptstation in der Stadt war, eingeladen. Sie aber sagten: „Wir möchten gerne da getauft werden, wo wir zum Heiland gekommen sind."

Diese Bitte wurde ihnen natürlich gerne gewährt. Es gab eine liebliche Feier, an der viele Soldaten getauft wurden. „Wie froh sind wir", sagten sie, „daß wir errettet sind; denn nun müssen wir in den Krieg ziehen und wissen ja nicht, ob wir wieder heimkommen werden." Andere Soldaten, die, angesteckt durch das Zeugnis ihrer Kameraden, sich auch Jesus übergaben, sagten noch zum Abschied: „Wenn wir wieder heimkommen vom Krieg, dann wollen wir uns auch hier taufen lassen!" — Leider ist aber keiner von ihnen zurückgekehrt.

Das Soldatenkind

Einer der Soldaten, der gläubig geworden war und sich taufen ließ und nun auch in den Krieg ziehen mußte, hatte ein ungefähr neunjähriges Mädchen bei sich, das einmal zu mir in eine Frauenstunde kam, als ich über das Thema „Der Trost des Herrn" sprach.

Nach der Versammlung kam die Kleine zu mir und schaute mich aus ihren großen Kinderaugen an und fragte mich: „Missionarin, sag mal, muß ich nicht auch getröstet werden? Weißt du, meine Großmutter, die mit uns auf die Reise kam, ist unterwegs gestorben." — „Ja, mein Kind", erwiderte ich, „du sollst getröstet werden." — „Missionarin", fuhr die Kleine fort, „und denk dir, als meine Mutter am Waschen war, kam eine Kugel und traf sie, und nun liegt sie verwundet im Krankenhaus und konnte nicht mehr mit uns kommen. Muß ich deswegen nicht auch getröstet werden?" — „Doch, mein liebes Kind", entgegnete ich voller Mitleid, „du sollst getröstet werden." Ich war verwundert zu hören, wie gut das Mädchen aufgepaßt hatte.

Noch war sie nicht fertig mit Erzählen und fuhr fort: „Schau, Missionarin, jetzt muß ich immer hinter den Soldaten herlaufen, und die marschieren so schnell, daß ich oft fast nicht mehr mitkomme. Mein Vater wollte mich schon manches Mal als Schwiegertochter verkaufen, weil er sah, daß es mit dem

Marschieren auf die Länge nicht geht. Ich habe mich nicht verkaufen lassen. Lieber laufe ich mir die Füße wund, als daß ich mich verkaufen lasse. Muß ich da nicht getröstet werden?" Das herzige Mädchen dauerte mich; aber ich wußte nicht, was ich tun konnte.

Eines Tages kam ihr Vater zu mir und erzählte, wie er oft versucht habe, sein Töchterchen als Schwiegertochter zu verkaufen, da er es einfach nicht verantworten könne, sie mit in den Krieg zu nehmen; aber sie habe geschrien und sich gewehrt. „Vater", habe sie gebeten, „gib mich doch der Missionarin; bei der möchte ich gerne bleiben." „Und nun möchte ich dich bitten, doch mein Kind zu dir zu nehmen. Wenn wir vielleicht nach Jahren zurückkommen, dann hol ich's wieder ab."

Ich fragte bei Missionar Becker an, und dann nahm ich die Kleine zu mir. — Oh, wie ihre Äuglein glänzten, wenn ich ihr vom Heiland erzählte. Ich staunte, als ich hörte, wie das Mädchen beten konnte, welch innigen Kontakt sie mit Jesus hatte. Wie froh war der Vater des Mädchens, trotzdem der Trennungsschmerz groß war, daß sie bei mir ein gutes Zuhause gefunden hatte. Ich war auch so dankbar, daß die Kleine dableiben durfte und nicht Tag und Nacht in Hitze, Kälte und Nässe mitmarschieren mußte.

Das liebe Mädchen war außerordentlich aufmerksam und sagte eines Tages zu mir: „Missionarin, ich kenne eine Soldatenfamilie, die nicht mitgehen konnte, weil sie gerade ein kleines Kindlein erhielten; aber sobald es geht, wollen sie der Truppe nachziehen. Nun denk mal, die sind noch nicht gläubig. Ich möchte dich gerne zu ihnen führen, damit sie auch Jesus finden." Das sagte das kleine neunjährige Chinesenmädchen. Ich mußte staunen, so etwas aus Kindermund zu vernehmen, und habe mich sofort mit ihr zusammen auf den Weg gemacht, um die Leute aufzusuchen und ihnen die Botschaft zu bringen. Wir haben sie bald gefunden, und nun erzählte ich ihnen von Jesus, und das große Wunder geschah: sie wurden gläubig und nahmen Jesus als ihren persönlichen

Heiland an. Bevor sie in den Krieg zogen, haben sich Mann und Frau noch taufen lassen.

Ach, wie wunderbar ist doch der Herr! Schon kleine Kinder kann er als Wegweiser gebrauchen.

Später kam mein liebes Mädchen dann ins Waisenhaus, wo sie die Schule besuchen und sich tüchtig ausbilden lassen konnte, um dem Herrn noch besser dienen zu können.

Die Mohammedaner-Familie

Eines Tages brachte mir ein Bote einen Brief aus der Stadt. Er kam von Missionar Becker. Dieser fragte an, ob ich willig wäre, eine mohammedanische Flüchtlingsfamilie aufzunehmen und für eine Weile bei mir wohnen zu lassen, bis sie wieder weiterziehen könnten. Es sei ein vornehmer Herr mit zwei Frauen und drei erwachsenen Kindern und noch ein paar Nahverwandte.

Am nötigen Platz fehlte es mir in meinem Haus nicht; aber es wollten große Bedenken in mir aufsteigen, ob die Mohammedaner meinem Dienst nicht irgendwie ein Hindernis in den Weg legen könnten durch ihre Verhaltensweise; denn jedermann, der zu meinem Haus kommen wollte, mußte an der Halle vorbeigehen, und das wollte mir ein bißchen schwer werden im Blick auf eine bei mir einquartierte Mohammedanerfamilie. Ich wußte ja, wie ablehnend und radikal Mohammedaner sein können. — Ich konnte nichts anderes tun, als mit der ganzen Angelegenheit vor den Herrn treten und ihn um Rat fragen. Ich bat ihn um klare Führung und sagte: „Lieber Heiland, sag mir bitte: Schenkst du mir die Mohammedaner für dich, dann will ich sie gerne aufnehmen." Da antwortete mir der Herr deutlich: „Ja". Daraufhin war ich getrost und schrieb sofort an Bruder Becker zurück, er dürfe sie gerne senden, ich sei bereit, sie aufzunehmen.

Kurz darauf kam die Familie zu mir. Die Leute waren sehr dankbar, irgendwo unterzukommen. Der schon etwas ältere, vornehme Herr war ganz zuvorkommend; aber seine erste Frau schien eine ganz überzeugte Mohammedanerin zu sein. Sie tat furchtbar fanatisch, und als sie nach einigen Tagen merkte, daß die jungen Leute gerne in die Versammlung gingen, wurde sie ganz nervös und sagte: „Ich kann unmöglich hier bleiben; wir müssen sofort weg von hier; da ist es gefährlich für uns." Die zweite Frau kam zu meinem großen Erstaunen auch gerne zur Versammlung, und zwei von den Verwandten waren bereits überzeugte Christen.

Ich hielt nun, da mir Jesus doch diese Familie für ihn versprochen hatte, jeden Tag Bibelstunden in meinem Zimmer, wozu ich sie alle einlud, allerdings mit Ausnahme der ersten Frau.

Aber diese erfuhr es trotzdem sofort und kam in die größte Angst hinein, es könnte noch jemand aus ihrer Familie an Christus gläubig werden. Sie bearbeitete ihren Mann und klagte in einem fort: „Wir müssen fort; wir müssen fort von hier."

Da betete ich und sagte: „Herr Jesus, du siehst, wie die Frau tut. Du hast mir doch die Mohammedaner geschenkt; aber wenn sie jetzt schon wieder fortziehen, dann sind sie innerlich noch nicht so weit, daß sie sich zu dir bekennen. Bitte, mach doch, daß die Frau nicht fortgehen kann."

Ganz kurz darauf hörte ich, die Frau sei schwer erkrankt. Der Arzt mußte geholt werden, um sie zu untersuchen. Dieser riet ihr ganz davon ab, in der nächsten Zeit wegzuziehen. Sie dürfe vorläufig nicht ans Reisen denken, da sie ernsthaft krank sei. Obwohl die Frau mich erbarmte, dankte ich meinem Heiland ganz herzlich dafür, daß er so rasch geantwortet hatte. Als sie wieder am Genesen war, ergab sich einmal eine Gelegenheit, mit ihr zu sprechen; aber leider mußte ich spüren, daß sie fanatisch an ihrem Glauben festhielt und behauptete, wenn einmal Mohammed auf die Erde zurückkehren werde, dann müsse Jesus ihm dienen. Mit nichts konnte man ihr beikommen.

Kaum daß sie sich wieder etwas besser fühlte, fing sie schon wieder an zu drängen: „Wir müssen fort; es ist gefährlich; wir müssen fort. Ich halte es hier nicht mehr aus."

„Bitte, lieber Heiland", flehte ich wieder, „erbarme dich doch über die arme Frau; aber gelt, laß es nicht zu, daß die ganze Familie wegen ihr wegziehen muß, wo doch etliche von ihnen dich immer lieber gewinnen und es so aussieht, als würden sie sich bald für dich entscheiden."

Der Herr erhörte auch dieses Gebet sofort. Wieder lag die Frau mit hohem Fieber danieder, und der herbeigeholte Arzt wiederholte, was er schon das erstemal gesagt hatte. Sie mußten dableiben, bis die Mutter ganz genesen war. Den beiden erwachsenen Töchtern und dem Sohn der zweiten Frau sowie seiner Mutter und natürlich den beiden Gläubigen war es eine große Freude, daß sie noch bei mir bleiben durften. Sie besuchten fleißig die täglichen Bibelstunden in meinem Zimmer und die Versammlungen in der Halle.

Eines Tages bekannte mir die zweite Frau, daß sie an Jesus glaube und sich ihm übergeben habe. Welch große Freude! Die andern wußten nichts von dem Geheimnis; da sagte der Sohn eines Tages zu mir: „Missionarin, ich glaube, daß Jesus Christus Gottes Sohn ist. Ich glaube an ihn, und ich will ihm nachfolgen." Oh, wie das mich freute!

Nun war aber da ein schwieriger Punkt: „Was wird wohl der Vater sagen, wenn er das vernimmt?" Der Sohn war aber fest entschlossen, unter allen Umständen zu ihm zu gehen und ihm mitzuteilen, daß er ein Christ geworden sei.

Mir wurde es etwas schwer, weil ich nicht wußte, wie der alte Herr auf den Glaubenswechsel seines Sohnes und seiner zweiten Frau reagieren würde. Er selbst hatte bis dahin weder die Bibelstunden noch die Versammlungen besucht. Er wollte Frieden haben in seiner Familie, darum distanzierte er sich auch von allem, um nicht in Streitereien zu kommen mit seiner ersten Frau.

Als die Zeit der Abendversammlung heranrückte, beschloß ich, anstatt dorthin zu gehen — der Prediger gab ja die Botschaft —, dem alten Herrn ein Besüchlein abzustatten, um ihn auf das Bekenntnis seines Sohnes vorzubereiten und um ein wenig abzutasten. Nachdem ich die ganze Angelegenheit in Jesu Hände gelegt hatte, machte ich mich auf den Weg und kam zu dem Hausvater. Mit zuvorkommender Höflichkeit hieß er mich willkommen und führte mich in sein Zimmer. „Ach, wie freu ich mich", begann er, „daß wir hier bei Ihnen sein dürfen. Meine Kinder sind ja ganz glücklich. Ich sah sie noch gar nie so glücklich wie jetzt." — „Ja", entgegnete ich, „ich merkte es auch, daß Ihre Kinder froh und glücklich sind. Sie wollen doch bestimmt dem Glück Ihrer Kinder nicht im Wege sein?" versuchte ich ein bißchen weiter in ihn zu dringen. „Oh, ganz und gar nicht", erwiderte der feine Herr lebhaft. „Niemals möchte ich meinen Kindern vor dem Glück stehen." Wieder versuchte ich, noch tiefer zu gehen: „Wissen Sie", fuhr ich fort, „warum Ihre Kinder so glücklich sind?" — „Nein", antwortete er, „das ist mir selbst ein Rätsel; aber soviel ich weiß, sah ich sie überhaupt noch nie so froh wie jetzt hier bei Ihnen." — „Lieber Herr", tastete ich weiter voran, „ich könnte Ihnen sagen, wo der Grund des Glücklichseins Ihrer Kinder liegt." Ganz erstaunt und fragend rückte er näher, damit ihm ja nichts entgehe, wenn nun die Lösung des Rätsels käme. „Sehen Sie", erklärte ich ihm, „Ihre Kinder haben hier von Jesus Christus, dem Sohn des lebendigen Gottes, Schöpfer Himmels und der Erde, gehört, und seit sie von ihm gehört und sich ihm geöffnet haben und nun an ihn glauben, sind sie so glücklich. — Möchten Sie dieser frohen Überzeugung etwas in den Weg legen?" — „Das werde ich nie tun", gab er entschieden zur Antwort. „Wenn meine Kinder bei diesem Glauben so froh geworden sind, dann sollen sie dabei bleiben."

Ich freute mich ganz gewaltig über den Ausgang dieses Gespräches und verabschiedete mich höflich, mich im stillen über den feinen Charakter des alten Herrn wundernd. — „Zum Glück hat die erste Frau das Gespräch nicht mit angehört", dachte ich für mich selbst, als ich ganz beglückt in mein Zimmer zurückkehrte.

Nach der Versammlung suchte der Sohn seinen Vater auf und teilte ihm seinen Entschluß mit, von nun an als Christ in der Nachfolge des Herrn zu leben. Der Vater erwiderte ihm: „Das freut mich, daß du so glücklich geworden bist. Bleibe bei dem, was du glaubst."

Mit großer Freude teilte der Sohn mir die Antwort seines Vaters mit, und dann durfte ich ihm noch gleich ein großes Geheimnis verraten, nämlich daß seine Mutter auch an den Herrn Jesus glaube und ihn in ihr Herz aufgenommen habe. Das war allerdings eine wunderbare Botschaft für den jungen Mann.

Die beiden Töchter haben sich auch bald für Jesus entschieden und wurden glückliche und überzeugte Gotteskinder.

Nun kam die Zeit, wo sie weiterreisen mußten. Damit der Kontakt mit ihnen nicht unterbrochen werden müßte, wurde ihnen eine unserer Außenstationen angegeben in der Gegend, wohin sie zu reisen gedachten.

Ich machte noch einen Abschiedsbesuch bei dem alten Herrn und brachte ihm als Andenken eine Bibel mit und sagte: „Lieber Herr N., ich möchte Ihnen doch gerne noch ein Andenken geben, damit Sie Ihren Aufenthalt hier nicht so bald vergessen", und damit überreichte ich ihm die Bibel, die er ehrfurchtsvoll entgegennahm. Er war ganz bewegt, daß ich ihm das Gottesbuch schenkte, und versprach mir auf meine Bitte hin, jeden Tag darin zu lesen. „Am meisten würde ich mich freuen", fügte ich an, „wenn ich bald ein Brieflein von Ihnen erhielte, worin Sie mir schreiben, daß Sie mit ihrem ganzen Hause dem Herrn dienen wollen."

Ich betete fleißig für die ganze Familie und vernahm über die betreffende Außenstation, daß die erste Frau bald nach ihrer Ankunft gestorben sei. Nun waren also die Kinder frei, sich öffentlich zum Christentum zu bekennen und sich taufen zu lassen. Der Vater hatte ja nichts dagegen.

Nach längerer Zeit kam ein Brieflein von dem alten Herrn, das ich mit zittrigen Händen öffnete. Was schrieb er mir wohl?

„Liebe Missionarin!

Wir danken nochmals ganz herzlich, daß wir bei Ihnen wohnen durften und bei Ihnen auch Gottes Wort hören durften. Und nun kann ich Ihnen die große Freude machen, auf die Sie gewartet und für die Sie gebetet haben. — ‚Ich aber und mein Haus wollen dem Herrn dienen!' . . ."

In heißer Dankbarkeit warf ich mich auf die Knie, lobte und pries meinen wunderbaren Herrn, der sich mächtig geoffenbart hatte. Da hat sich wieder einmal das Wort bestätigt, das mir der Herr bei meiner Wiederausreise geschenkt hatte: „Siehe, du wirst Heiden rufen, die du nicht kennst; und Heiden, die dich nicht kennen, werden zu dir laufen um des Herrn willen, deines Gottes . . ." (Jes. 55, 5).

Anbetung und Ehre sei unserem Herrn!

Der Blinde, der gerne die Bibel lesen wollte

Ein Heide kam einst auf der Außenstation zur Versammlung. Er war blind. Nach dem Gottesdienst trat er zum Prediger und sagte: „Oh, wie gerne wollte ich Gottes Wort lesen, wenn ich nur sehen könnte." Der Prediger erzählte ihm, daß Jesus noch heute Blinde heilen könne wie damals, als er auf Erden wandelte; aber sein erstes Verlangen sei immer, den Menschen innerlich zu helfen. So habe es keinen Wert, für sehende Augen zu beten, bevor er sich der Botschaft von Jesus geöffnet habe.

Das ging dem Blinden sehr zu Herzen. Er suchte Jesus und wurde gläubig; aber der Wunsch, sehend zu werden und mit dem Prediger zusammen die Bibel lesen zu können, blieb nach wie vor.

Wir beteten ganz ernstlich für ihn, und Jesus heilte ihn. Seine Augen wurden geöffnet, und mit großer Freude lernte er lesen und zeugte für seinen Herrn. Er kam fleißig zur Versammlung, betete oft und folgte treu seinem Heiland nach. Er lernte lesen und las viel in seiner geliebten Bibel.

Später kam ich wieder einmal auf diese Außenstation. Da wollte ich auch den Sehendgewordenen besuchen, um mich mit ihm zu freuen.

Unterwegs sah ich einen kleinen Knaben, der, sobald er mich sah, auf das Haus des „Blinden" zueilte und laut schrie: „Sie kommt, sie kommt."

Ich konnte mir gar nicht vorstellen, was das zu bedeuten hatte, merkte aber, daß es etwas mit mir zu tun hatte, und eilte dem Jungen nach.

Als ich hinter ihm ins Haus des „Blinden" trat, sah ich ein paar Männer um einen Tisch sitzen. Sie hatten noch alle die Karten in den Händen; nur der „Blinde" hatte sie rasch unter dem Tisch verstecken können und öffnete, gerade als ich eintrat, hastig seine allzeit griffbereite Bibel, um mich über den wahren Sachverhalt hinwegzutäuschen.

Oh, wie hätte es mich gefreut, wenn ich den Mann beim „Versammlunghalten" angetroffen hätte. Wie hätte er, als Gottbegnadeter, ein herrliches Zeugnis sein dürfen für seine Landsmänner; aber statt dessen hatte er seine Nachbarn eingeladen, um tagelang mit ihnen Karten zu spielen.

„Warum spielst du Karten?" fragte ich ihn. „Ich habe nicht gespielt", log er mich an und tat, als läse er schon lange in seiner Bibel.

Ganz traurig sagte ich zu dem Geheilten: „Hör mal, Jesus hat dir das Augenlicht nicht gegeben, um Karten zu spielen. Tue Buße und fange neu an, sonst fürchte ich, Jesus werde dich wieder blind werden lassen."

Leider hörte er nicht auf das, was ich sagte. Das Spielen war ihm lieber geworden als alles andere. Er wollte nicht brechen damit. Da nahm ihm Gott eines Tages sein Augenlicht wieder weg.

Wir waren aufs tiefste erschüttert zu sehen, wie Gott eingriff. Ja, er kann sehend machen und wieder mit Blindheit schlagen.

Er ist der allwissende und allmächtige Gott. Er hilft und errettet so gern; aber er läßt seiner nicht spotten. Wir wollen uns in Ehrfurcht vor ihm beugen und ihm mit aufrichtigem und rechtschaffenem Herzen dienen!

Unser erster Ferienaufenthalt in Chiki

Auf unserer Station war es sehr heiß und die Arbeit anstrengend. Es wäre das beste gewesen, wenn man im Sommer in die Berge hätte gehen können, um sich ein wenig auszuruhen und in der Stille neue Kräfte zu sammeln für die bevorstehende Herbst- und Winterarbeit.

Wir beteten lange, daß uns doch der Herr den rechten Platz zeigen möchte, da man nicht einfach irgendwohin gehen konnte. In den meisten Bergdörfern waren Räuber zu Hause. Endlich bot man uns nach langem Suchen ein Häuslein im Bergdorf Chiki an, in dem sogar noch ein Versammlungssaal eingebaut war. „Das ist ja fein", sagte Missionar Becker, „dann reisen wir." Wir hörten zwar, daß in diesem Dorf auch Räuber seien; aber Bruder Becker hoffte fest, irgendein Abkommen mit ihnen treffen zu können.

So zogen wir denn frohgemut los: Herr und Frau Missionar Becker, die Brüder und wir Schwestern. Als wir nach ziemlich langer Reise in dem schönen Bergdorf anlangten und uns das Haus gezeigt wurde, sagte Missionar Becker zu uns: „Geschwister, packt eure Sachen noch nicht aus; ich will zuerst einen Besuch beim Räuberhauptmann machen, um zu sehen, ob er uns annehmen will oder nicht."

Natürlich beteten wir fest dafür, daß er uns doch annehmen möchte, da wir uns sonst auf alles hätten gefaßt machen müssen, nicht zuletzt auf den Tod; und in diesem Falle wären uns die Ferien zu teuer zu stehen gekommen.

Der Missionar kehrte geschlagen zurück und teilte uns mit: „Packt noch nicht aus. Er hat mich nicht angenommen. Ich weiß nicht, warum er's nicht getan hat. Aber wir haben ja noch einen Lehrer vom Waisenhaus bei uns; der ist ein Verwandter des Räuberhauptmannes. Ich hoffe, durch ihn noch etwas erreichen zu können." Sofort war der Lehrer bereit, sein möglichstes zu tun und bei seinem Verwandten nachzufragen, was der Grund seines Verhaltens sei.

Der Lehrer kam zum Räuberhauptmann, begrüßte ihn freundlich und wurde von ihm ebenso freundlich empfangen. „Der Missionar ist zu dir gekommen", begann der junge Mann, „und hat dich um Erlaubnis gefragt, ungestört hier seine Ferien verbringen zu dürfen und von dir angenommen zu werden. Warum hast du ihm seine Bitte abgeschlagen? Im Grunde genommen wäre es ja an dir gewesen, zum Missionar zu kommen und mit ihm zu verhandeln und nicht umgekehrt."

Darauf entgegnete der Räuberhauptmann: „Weißt du, die Sache war die: ich war gerade am Opiumrauchen mit ein paar Männern, und da durfte ich unmöglich den Missionar bitten einzutreten, sonst hätte er's ja gesehen. Nur aus diesem Grunde habe ich ihn nicht annehmen können; aber es würde mich freuen, wenn ihr hier eure Ferien verbringen würdet."

Der Lehrer kam zurück und meldete Missionar Becker den Sachverhalt. Es bestand also große Hoffnung, auspacken zu dürfen.

Noch einmal machte sich Bruder Becker auf den Weg zum Räuberhauptmann und wurde diesmal aufs freundlichste empfangen und ins Haus geführt. Die erwiesene Freundlichkeit war aber noch keine Abmachung. Jetzt sollte erst darüber beraten werden, ob die Missionsleute angenommen werden können oder nicht.

Bruder Becker, der die Chinesen ja so gut kannte, wußte, daß sich ein Chinese geehrt fühlt, wenn man ihn nach seinem hochwohllöblichen Alter frägt. — Bei uns in der Heimat ist es in dieser Hinsicht anders.

Der Räuberhauptmann hat also freudestrahlend sein Alter mitgeteilt, und nun stellte sich heraus, daß er den gleichen

Jahrgang hatte wie Bruder Becker. Das will etwas heißen in China! Der Räuberhauptmann kann töten, wen er will, verwandt oder nicht verwandt, spielt keine Rolle — natürlich hat es niemand gern, wenn er's tut; aber niemand kann etwas dagegen einwenden. Wer aber im gleichen Jahr geboren ist wie er, dem darf er nichts antun, der ist sein Lao-ken. „Lao" heißt alt, und „ken" bedeutet Wurzel. Wer also von der gleichen Wurzel ist, der kann sich ganz sicher fühlen. Die Gleichaltrigkeit geht über die engsten Verwandtschaftsbeziehungen.

So schlug der Räuberhauptmann in die Hand des Missionars ein und sagte feierlich: „Du bist mein Lao-ken." Damit war er mehr als angenommen.

Freudestrahlend kehrte Bruder Becker zu uns zurück und sagte: „Geschwister, ihr dürft ruhig auspacken. Wir sind ganz sicher. Es passiert uns nichts. Der Räuberhauptmann und ich haben den gleichen Jahrgang."

Wie ein Lauffeuer verbreitete sich im ganzen Dorf und in der Nachbarschaft die Nachricht, der Missionar und der Räuberhauptmann seien Lao-ken. Wir verlebten also ganz schöne und erholsame Ferien, hielten auch Versammlungen in „unserm" Saal und luden die Dorfbewohner ein, daran teilzunehmen. Unter unseren Zuhörern waren Chinesen, die von weither von den Bergen zu uns kamen, um zu hören, was sie noch nie zuvor gehört hatten.

Der Götzenpriester in Chiki

Da war auch ein Götzenpriester in unserem Ferienort. Ich besuchte ihn und brachte ihm ein Neues Testament und bat ihn, er möchte doch alle Tage drin lesen. Er bedankte sich sehr und versprach mir, er wolle es tun.

Er hat wirklich Wort gehalten, und als er mich wieder einmal sah, rief er mich zu sich und sagte zu mir: „Möchtest du bitte so gut sein und dem Missionar ausrichten, er solle mein Anwesen kaufen; dann könnte er noch mehr Leute zur Versammlung einladen. Meine Frau und ich und ein kleines Enkelkind sind die einzigen, die noch leben von unserer Familie; alle andern sind schon gestorben. Und du siehst ja, wie groß unser Haus ist. Was wollen wir damit? Der Missionar soll es kaufen." — „Oh", entgegnete ich, „das brauche ich dem Missionar gar nicht zu sagen, der würde es bestimmt nicht kaufen. Sieh' mal", versuchte ich dem Mann zu erklären, „wir predigen den Leuten das Evangelium von Jesus Christus und sagen ihnen, sie sollen keine Götzen mehr anbeten, und du bist Götzenpriester und predigst den Leuten gerade das pure Gegenteil. Du siehst doch gewiß ein, daß sich das gar nicht vereinbaren ließe in ein und demselben Hause. Da brauche ich dem Missionar gar nichts zu sagen." Er bettelte aber weiter und sagte, wir könnten doch jemanden hersenden, der unsere Mission vertreten würde im Ort. „Solange du Götzenpriester bist", sagte ich dem Mann, „werden wir nicht in dein Haus kommen. Das kommt gar nicht in Frage."

Der Mann ließ sich aber nicht einschüchtern. Er las ganz fleißig in seinem Neuen Testament.

Bald darauf wurde in dem Dorf eine Außenstation eröffnet und ein Prediger hingesandt.

Da suchte der Götzenpriester den Prediger auf und bat diesen, ihn doch bitte in den göttlichen Wahrheiten zu unterrichten. Dazu war der Prediger gerne bereit. So saßen die beiden während des Winters oft beisammen und lasen im Neuen Testament, und der Prediger erklärte dem Priester, was sie lasen. Da wurde der Götzenpriester gläubig.

Als die beiden an einem kalten Winterabend wieder zusammensaßen und ihre Schuhe auf den mit glühenden Holzkohlen heizbaren „Fußschemel" stellten, merkten sie in ihrem Eifer beim Lesen des Wortes Gottes und dem Erzählen des Predigers gar nicht, daß ihnen die Schuhe verbrannten. Erst als es ganz heiß wurde und es sie an die Füße zu brennen begann, wurden sie darauf aufmerksam. Nicht einmal der starke Brandgeruch hatte sie aufmerken lassen.

Wir mußten doch ein wenig lächeln, als uns die Begebenheit erzählt wurde; aber wir haben uns natürlich auch ganz fest gefreut darüber, daß man so eifrig mit Gottes Sache beschäftigt sein kann, daß einem darob fast die Füße verbrennen. Dann muß es einem wirklich ernst sein.

Später hat der Götzenpriester öffentlich allen Leuten mitgeteilt, er sei kein Götzenpriester mehr. Er gehöre Jesus an, und sie sollten auch an ihn glauben. Er wurde also noch ein eifriger Mithelfer.

Ja, der Herr kann Wunder tun und Bollwerke des Teufels zerstören. Ihm ist nichts unmöglich. Gelobt sei sein herrlicher Name!

Der Räuberhauptmann

Als unsere Ferien zu Ende gingen, fragte ich Bruder Becker, ob Schwester Anna Welsch und ich noch etwas länger dableiben dürften, um mit unserer Frauengruppe zu evangelisieren. Das wurde uns gerne erlaubt, und so machten wir uns sofort an die Arbeit.

Als wir irgendwo einen Besuch machten, sagte man mir: „Missionarin, im hintern Raum sitzt der Räuberhauptmann. Der will hören, was du sagst." Ich sprach so laut, daß er's sicher gut verstehen konnte.

Als wir ins nächste Haus traten, um den Leuten dort von Jesus zu sagen, war der Räuberhauptmann auch schon wieder in dem Haus und hörte allem zu, was wir zu sagen hatten.

Auf diese Weise machten wir die Runde durchs ganze Dorf, und auf Schritt und Tritt folgte uns der Räuberhauptmann nach, ohne sich uns vorzustellen oder etwas zu sagen.

Später aber, als ich einmal auf dem Weg durch's Dorf war, stand er vor mich hin und fragte: „Hör mal, wie viele Christen müssen da in dem Ort sein, damit ihr eine Außenstation eröffnen könnt?" — „Ja, da sollten schon ein paar Gläubige sein", antwortete ich. „Gut", fuhr er fort, „lasse den Missionar grüßen von mir und teile ihm mit, er solle bitte eine Außenstation eröffnen hier, damit die Leute besser werden."

Gerne versprach ich, diese Nachricht dem Missionar auszurichten, mußte aber im stillen über seine Äußerung lachen und erwiderte: „Hauptmann, höre, ich will dir etwas sagen: Wenn du zu Jesus kommst und an ihn glaubst, dann kommen bestimmt viele vom Dorf auch zum lebendigen Glauben." — „Ja, ja", erwiderte er, „ich würde schon gern glauben; aber ich bin Opiumraucher." — „Dann geh doch bitte in die Hauptstadt zum Missionar", riet ich ihm. „Der wird dir helfen, daß du aufhören kannst, Opium zu rauchen." — „Ich würde gerne zum Missionar in die Stadt gehen, aber dort wohnt mein Todfeind. Wenn aber du mir helfen kannst, bin ich gerne bereit, das Opiumrauchen aufzugeben." — „Ach", entgegnete ich, „leider kann ich dir nicht helfen, weil ich die dazu notwendigen Mittel nicht zur Verfügung habe und sie auch nicht so gut verabreichen könnte wie der Missionar."

Ich hätte ihn ja auch gar nicht richtig behandeln können, weil ich, wenn er zu Hause wohnte, gar keine Kontrolle ausüben konnte.

Jedenfalls habe ich Bruder Becker das Anliegen des Räuberhauptmanns, in seinem Dorf eine Außenstation zu eröffnen, gerne mitgeteilt. Er gab mir Rückantwort und bat mich, dem Hauptmann auszurichten, es könne in absehbarer Zeit eine Außenstation eröffnet werden in seinem Ort. Dann bat er mich noch, die beigelegte Mundharmonika dem Buben des Räuberhauptmanns zu bringen.

Als ich das Haus des Räubers betrat, war dieser gerade am Opiumrauchen. Auf dem Tisch neben ihm lag sein geladener Revolver. Da trat der vier Jahre alte Junge ein, nahm die Pistole vom Tisch und fuchtelte mir damit vor dem Gesicht herum, daß mir angst und bange wurde. Zum großen Glück trat bald darauf die Frau des Räuberhauptmanns ein und legte die gefährliche Waffe auf den Schrank. Ich überreichte der Frau das Geschenk des Missionars und richtete die Grüße aus. Da führte sie mich in einen andern Raum und erzählte mir aus ihrem, ach, so traurigen Leben. Sie war die dritte Frau des Räuberhauptmanns und war von diesem auf einem Streifzug in unserer Stadt gestohlen worden.

Ich durfte ihr dann von Jesus sagen, und zu meiner großen Freude hat sie es fassen können und wurde gläubig. Später hat sie sich taufen lassen.

Eines Tages erfuhren wir, der Räuberhauptmann sei in die Stadt gegangen, um mit dem dort stationierten General, seinem Todfeind, Bruderschaft zu trinken. Der General hatte eine ganz höfliche Einladung an ihn ergehen lassen. Leider war es aber nur eine Falle. Nach dem Festessen wurde der Räuberhauptmann ins Gefängnis abgeführt. Er durfte noch seine Frau und sein Kind kommen lassen, um sich von ihnen zu verabschieden. Als die benachrichtigte Frau auf dem schnellsten Wege zur Stadt eilte, wurde ihr Mann gerade abgeführt und unter lauten Posaunenstößen inmitten einer rohen Soldatenschar durch die Stadt gejagt.

Der Frau wollte das Herz brechen, als sie sah, daß sie nicht einmal mehr ein paar Worte mit ihrem Mann reden durfte. Ein kurzer Abschiedsgruß mit den Augen, und weg war er. Kurz darauf wurde er außerhalb der Stadt erschossen.

In der darauffolgenden Nacht kamen seine Räuber, suchten den Leichnam ihres Hauptmannes und brachten ihn nach Hause, um ihn dort zu begraben.

Wir sind dann von diesem Ort weggezogen. Ein Prediger kam hin, um die Außenstationen zu besorgen und weiter zu missionieren.

Die Christin, die keine Zeit hatte, zur Bibelwoche zu kommen

Auf einer Außenstation, die vier Tagereisen entfernt lag, waren viele Gläubige, die mich baten, ihnen doch einmal eine Bibelwoche zu halten, da der Weg für sie zu weit sei, um an den Bibelwochen in der Stadt teilzunehmen. Wenn die Männer vier Tagereisen brauchten, um einen Weg zurückzulegen, dann brauchten die meisten Frauen mindestens acht.

Sie freuten sich ganz fest darauf, einmal bei ihnen das Wort Gottes während ein paar Tagen hören zu dürfen.

Nachdem ich die ganze Angelegenheit mit dem Missionar besprochen hatte, machte ich mich auf den Weg.

Als ich nach den vielerlei Strapazen der Reise auf der Außenstation anlangte, suchte ich die verschiedenen Christen auf, um ihnen meine Ankunft mitzuteilen und sie einzuladen, zur Bibelwoche zu kommen. Da kam ich auch zu einer Christin, die mir sagte: „Ich habe keine Zeit." Da erwiderte ich ganz traurig: „Ach, jetzt habe ich eine so weite Reise gemacht und bin hierher gekommen, und jetzt hast du keine Zeit und bist doch eine Christin. Komm doch bitte." — „Ich hab soviel Arbeit, daß es mir nicht möglich ist zu kommen", war ihre Antwort. „Oh", sagte ich, „dann sende doch deine Schwiegertochter." — „Die Schwiegertochter kann auch nicht kommen; wir haben zuviel Arbeit."

Ach wie schade, wenn man keine Zeit hat für Jesus! Ich habe es leider auch in der Heimat erlebt, daß es Leute gibt, die nie soviel Arbeit haben, wie wenn Bibel- oder Evangelisationswoche ist.

Nun, wir haben die Bibelwoche begonnen. Es kamen viele von nah und fern und freuten sich herzlich. Doch bei aller Freude habe ich mit Wehmut an die Frau denken müssen, die keine Zeit hatte.

Dann geschah etwas. Der Herr redete selbst mit der Christin, und zwar auf eine Weise, wie ich's nie geahnt hätte. An dem Tag, da unsere Bibelwoche begann, wurde die Frau lahm, und zwar war sie von dem Moment an — sie muß wohl einen Schlaganfall gehabt haben — so unbeholfen, daß sie nicht einmal mehr allein essen konnte. Die Schwiegertochter mußte sie pflegen wie ein kleines Kind.

So laut mußte Gott reden. Wir waren ganz erschüttert, als

wir es hörten. Die Frau hat sich nicht mehr erholen können und starb dann auch an den Folgen der Krankheit.

Gott, der in das Verborgene des Herzens sieht, weiß, wie es um die Menschen steht; aber er will sie nicht einfach verderben, nein, er naht sich ihnen mit Güte und Barmherzigkeit und will sie retten. Er will ihnen aus ihrer Not helfen; aber wenn sie ihn verachten, dann redet er sehr laut und gewaltig. Ich habe es oft erlebt in China, daß Gott nach außen hin deutlicher sprach — ich meine mehr Zeichen gebrauchte — als hier zu Hause, damit die Chinesen es sehen und verstehen konnten: *es gibt einen lebendigen Gott!*

Ach wie schade, daß die Frau ihr Herz so plötzlich verstockt hatte. Sie hätte nicht sterben brauchen, wenn sie den rechten Weg gegangen wäre. Wir wollen doch alle das Pauluswort so recht beherzigen, wo er schreibt: „Darum schau die Güte und den Ernst Gottes: den Ernst an denen, die gefallen sind, die Güte Gottes aber an dir, soferne du bei seiner Güte bleibst; sonst wirst du auch abgehauen werden" (Röm. 11, 22).

Peng-Po

Auf unserer Station wohnte am Eingang ein Torhüter. Er hieß Peng. Dieser Peng hatte eine liebe, einfältige Frau. Irdische Weisheit hatte sie keine, aber sie war ein liebes Gotteskind, die Peng-Po.

Als ich sie kennenlernte, merkte ich sofort, daß sie eine große Beterin war. Als ich noch am Lernen der chinesischen Sprache war, hatte ich sie gefragt, ob sie nicht für mich beten wollte, damit ich die Sprache rasch und gut lernen könnte. Das hat sie mit großer Freude und Hingabe getan, so daß einmal jemand zu mir sagte: „Du hast eine Beterin wie niemand sonst." — „Wieso denn?" fragte ich erstaunt. „Die Peng-Po betet für dich, so oft sie den Mund aufmacht!"

Wenn der Torhüter nicht am Tor sein konnte, nahm seine

Frau die Besucher in Empfang und führte sie entweder in die Männer- oder die Frauengästehalle.

Die liebe Peng-Po aber sah so schlecht, daß sie nach dem Gehör beurteilen mußte, ob sie einen Mann oder eine Frau vor sich hatte.

Sofort fing sie an, den Besuchern von Jesus zu erzählen, genau gleich wer immer sie waren. Sie zeugte zur Zeit und zur Unzeit von dem, was ihr am wichtigsten war.

Manchmal entgegneten ihr die Heidenfrauen: „Wir kommen nur, um zu gucken, wie es bei euch aussieht. Brauchst uns gar nichts von deiner Lehre zu sagen. Wir beten die Götzen an und begehren nichts von deinem Gott zu hören." Wenn die Gäste gar nichts von Jesus hören wollten, dann sang ihnen Peng-Po ein schönes Lied, das eine Botschaft enthielt. Ein Lied mochte jedermann gern hören. Wenn wir die liebe Peng-Po singen hörten, wußten wir, daß sie wieder jemanden ins „Netz" zu ziehen versuchte.

Ich habe kaum je eine so eifrige Frau gefunden in China, wie die Peng-Po. Sie ließ gar keine Möglichkeit ungenutzt vorbeistreichen und freute sich an allem, was der Herr schon gewirkt hatte.

Eines Tages wurde Peng-Po ernsthaft krank. Als ich sie besuchte, sagte sie zu mir: „Du mußt nicht mehr dafür beten, daß ich gesund werde. Der Herr Jesus hat mir gesagt, daß er mich heimholen will. Aber du darfst beten, daß ich recht vorbereitet bin zum Heimgehen."

Diesen Wunsch habe ich ihr gerne erfüllt. Da sagte sie auf einmal ganz freudestrahlend zu mir: „Oh, wie ich mich freue, in den Himmel gehen zu dürfen und Jesus zu sehen. Ach, weißt du, ich freue mich auf etwas noch ganz besonders." — „Ja, auf was denn?" fragte ich. „Weißt du", fuhr sie fort, „ich bring dem Heiland ein Geschenk mit." Ich konnte mir gar nicht vorstellen, was wohl die Peng-Po damit meinte, wollte sie aber in ihrem einfältigen Glauben nicht enttäuschen. Darum fragte ich etwas zaghaft: „Peng-Po, was bringst du denn dem Heiland mit?" — „Was ich dem Heiland mitbringe?" wiederholte die glückliche Frau, „ich bringe ihm 22 Seelen. Die hab ich zum Heiland führen dürfen und hab auch mit dabeisein dürfen, als sie starben. Sie sind alle bis an ihr Ende treu geblieben." Mir liefen die Tränen über die Wangen, als ich das hörte. Ich fühlte mich tief beschämt. Was hat doch der Herr getan durch das schlichte Zeugnis dieser Frau! Oh, ich habe noch viel mehr", fuhr sie fort, „aber die sind noch am Leben. Die darf ich dem Heiland später bringen."

Bald darauf ging die liebe Peng-Po zu ihrem Herrn.

Viele, viele Menschen nahmen an der Trauerfeier teil. Sonst ist es Brauch, daß nur die Angehörigen am Sarg weinen; aber da traten zu meinem Erstaunen viele, darunter auch stattliche Männer, an den Sarg und vergossen Tränen. Als ich einen von ihnen teilnahmsvoll fragte: „Bist du auch ein Verwandter von Peng-Po?" antwortete er mir: „Ich bin nicht verwandt, und doch bin ich verwandt. Diese Frau hat mir den Weg zum Herrn Jesus gezeigt." — Ein Lehrer aus der Stadt war auch da und weinte. Er gehörte auch zu denen, die von Peng-Po zu Jesus geführt worden waren, und so waren noch viele dabei. „Was wird Peng-Po für Herrlichkeit haben", dachte ich. Ich habe Buße getan am Grab der lieben Heimgegangenen, Buße darüber, daß ich mich nicht immer in solcher Gotteseinfalt habe brauchen lassen vom Herrn.

Oh, es ist herrlich, für den Herrn dazusein und sich ihm völlig und ganz auszuliefern. Es ist herrlich, dem Heiland unter den Heiden zu dienen. Wie möchte ich gerne, daß alle Leser ein Sehnen erhielten, ihr möglichstes zu tun zur Förderung der Heidenmission, *entweder selber ins Heidenland zu gehen oder einen Stellvertreter zu suchen,* damit die Vollzahl der Heiden bald eingehen möchte. Bitte, ihr lieben Leser, helft alle mit!

„Lob und Dank sei dir, dem höchsten Gott, daß du Menschenkinder erkauft hast mit dem Blut deines geliebten Sohnes, ihnen deinen Geist gegeben hast, damit sie hier etwas seien zu Lobe deiner herrlichen Gnade. Preis und Anbetung sei dir in Ewigkeit! Amen."

Familie Liao und die Kommunisten

„Beweise deine wunderbare Güte, du Heiland derer, die dir vertrauen, wider die, so sich wider deine rechte Hand setzen" (Ps. 17, 7).

Wir haben nun schon Verschiedenes von den Kommunisten und ihren Überfällen gehört. Ich habe erzählt, wie die Kommunisten die Gläubigen vielerorts auf Tod und Leben verfolgten und auch grausame Blutbäder anrichteten.

Als Reiseschwester lernte ich auf einer Außenstation eine gläubige Familie kennen. Vater und Mutter Liao waren liebe Gotteskinder. Dazu waren auch ihre beiden verheirateten Söhne und Schwiegertöchter gläubig. Alle sechs waren getauft und in die Gemeinde aufgenommen, und wie es bei uns üblich war, hatte auch jedes der gläubigen Familienglieder ein biblisches Bild erhalten, die alle in der Wohnung aufgehängt waren. Jeder Besucher konnte also mit Leichtigkeit feststellen, daß in dem Haus sechs Christen wohnten. Welch ein herrliches Zeugnis!

Liaos waren ganz für den Herrn da, erbarmten sich auch über die Armen und halfen ganz aktiv mit in der Gemeinde.

Eines Tages drangen die Kommunisten in die Ortschaft ein und gaben bekannt, sie suchten zwei Männer: den Bürgermeister des Ortes und einen Christen namens Liao. Beide sollten umgebracht werden.

Der Bürgermeister war bald gefunden und wurde von der Schar herzloser Menschen unbarmherzig hingerichtet.

„Jetzt müssen wir noch den reichen Liao, den Christen, haben!" riefen sie und stürmten weiter, um den Gesuchten auch hinrichten zu können und sich seiner Güter zu bemächtigen.

Liaos besaßen wohl Felder und Güter, waren aber nicht extra reich. Und zu diesem Zeitpunkt lag der gesuchte Hausvater schwerkrank im Bett. Er hatte vernommen, daß die Kommunisten gekommen waren; aber weder er noch seine Familienglieder wußten, daß man ihn suchte. Er rief seine Frau zu sich und sagte zu ihr: „Sieh, ich liege schwerkrank danieder und muß ja doch sterben. Geh du mit den Kindern, mit den Söhnen und ihren Frauen fort, damit euch nichts geschieht, wenn die Kommunisten kommen. Ich bin in Gottes Hand. Mir kann nichts geschehen, als was Gott zuläßt."

„Ach", antwortete die Frau betrübt, „jetzt lebten wir so viele Jahre beieinander und hatten es so schön, besonders noch seitdem wir gläubig sind, und jetzt sollte ich dich verlassen? — Nein, das kann ich nicht; ich bleibe da."

Dann kamen die Kommunisten. Das große, geräumige Haus gefiel ihnen so gut, daß sie gleich beim Eintreten sagten: „Wir wollen hier wohnen, hier essen und hier schlafen." Sofort fragten sie Frau Liao: „Wo ist dein Mann?" — „Mein Mann ist krank und liegt im Bett." — „Wie heißt er?" forschten die Kommunisten weiter. — „Er heißt Liao", gab die Frau wahrheitsgetreu zur Antwort. — „Wie heißt denn du?" wollten die rohen Gesellen wissen. „Ich heiße auch Liao", antwortete die tapfere Frau.

„Dein Mann soll aufstehen und arbeiten gehen", befahlen die Kommunisten. — „Er kann nicht aufstehen", erklärte Frau Liao, „er ist so schwer krank, daß er nicht stehen könnte." — „Das werden wir gleich sehen", sagten die Männer und begaben sich ins Schlafzimmer, wo der Kranke lag. Als sie das Zimmer betraten und den kranken Liao daliegen sahen, war es ihnen sofort klar, daß der Arme nicht aufstehen konnte. Etwas wie Erbarmen befiel sie, und sie verließen das Zimmer wieder und sagten: „Ja, dein Mann ist schwer krank; es hat keinen Sinn, ihn zum Aufstehen zu zwingen. — Wir möchten aber trotzdem hier im Hause bleiben, bis wir den Mann gefunden haben, den wir suchen. Du brauchst dich aber ums Essen nicht zu kümmern. Wir kochen selbst, und dann kannst du und dein Mann auch davon essen. Hast du Hühner?" — „Ja", antwortete sie, „sie sind im Stall." — Die Leute des Ortes hatten nämlich alle aus Furcht vor den Kommunisten, deren Hühner- und Schweinediebstähle nur zu bekannt waren, ihre Tiere eingesperrt. —

„Oh", entgegneten die Kommunisten, „es ist ja noch gar nicht Abend; die Hühner gehören jetzt noch nicht in den Stall. Wir werden dir die Hühner auslassen und aufpassen, daß dir keines gestohlen wird. Wenn wir hier wohnen dürfen, nehmen wir keins von deinen Hühnern. — Hast du nicht auch Schweine?" — „Doch", gab Frau Liao zur Antwort, „sie sind im Stall." — Es wurde ihr bange, als die Kommunisten nach ihren Schweinen fragten. Hoffentlich wollen die nicht alle unsere Schweine schlachten! — „Wir werden die Schweine auch noch ein wenig ins Freie lassen", sagten die Kriegsleute. „Am Abend treiben wir sie dann wieder ein."

Gesagt, getan. Die Kommunisten waren darum besorgt, daß während ihres ganzen Aufenthaltes Liaos Hühner und Schweine immer pünktlich ausgelassen und wieder eingetrieben wurden. Sie nährten sich von Liaos Reis, gaben der Frau auch davon zu essen und sorgten recht rührend für den armen kranken Liao.

Als einer der beiden Söhne Liaos ganz ahnungslos das Haus betrat, wurde er von den Kommunisten angehalten. Sofort mußte Liaos Frau her und Auskunft geben, wer das sei. — „Das ist mein ältester Sohn", gab sie Bescheid. „Wie heißt er?" — „Der heißt Liao", gab sie zur Antwort. Daraufhin ließ man den jungen Mann gewähren.

Etwas später betrat auch der jüngere Sohn das Haus. Bei ihm ging das gleiche Fragen an, und trotzdem die Kommunisten nun viermal den Namen Liao gehört hatten in dem Haus, hat es Gott so wunderbar gelenkt, daß ihnen die Sinne gehalten waren, daß sie nie daraufkamen, daß gerade das der gesuchte Name war.

Jeden Tag zogen sie aus, um den Christen Liao zu suchen.

Im ganzen Dorf wußte man, daß die Kommunisten niemand anderes als ausgerechnet ihren kranken Quartiergeber suchten; aber niemand verriet ihn.

Die Suchaktion dehnte sich auf ungefähr 14 Tage aus, aber nirgends war Liao zu finden. Endlich verleidete es ihnen, noch länger zu bleiben. Sie sagten zu Frau Liao: „Den Bürgermeister haben wir gefunden und getötet, den andern aber, den Christen Liao, wollten wir auch töten, aber wir konnten ihn nirgends finden." — Und doch hatten sie ihm jeden Tag das Essen gebracht! —

Die Mutter brachte ihren zwei Söhnen, die sich nach dem seltsamen Empfang im Heu versteckt hatten, jeden Tag von dem Essen, das die Kriegsleute unten in der Küche kochten. Die beiden jungen Männer fürchteten nämlich, von den Kommunisten fortgeschleppt zu werden.

Als die Kommunisten wegzogen, gaben sie der Hausmutter als Dankeszeichen zwei Waschschüsseln, die sie irgendwo gestohlen hatten. Den Hühnern und Schweinen hatten sie kein Leid getan.

Das ganze Dorf atmete auf, als die Krieger endlich aufbrachen. Alle waren froh, daß sie Herrn Liao nicht gefunden hatten.

Und nun gab es eine große Dankesstunde in Gemeinschaft mit den Gläubigen. Wie waren sie doch alle froh, daß Gott es nicht zugelassen hatte, daß ihr Bruder, der ihnen so viel bedeutete, gefunden und hingerichtet wurde.

Dieses Geschehen zeigte uns aufs neue wieder, wie groß Gottes Bewahrungsmacht ist. Schliefen doch die Kommunisten im Hause des Gesuchten, wohnten da, aßen da und versorgten ihr Opfer noch aufs beste.

Was uns noch ganz besonders wichtig wurde: Gott kann erretten, ohne daß die Gläubigen Notlügen gebrauchen. Mindestens viermal hörten die Kommunisten den Namen, nach dem sie während fast 14 Tagen unermüdlich suchten, und doch hörten sie ihn nicht! — Gott kommt ohne Notlügen ans Ziel!

Ja, dem Herrn, dem alle Dinge untertan sind, sei Lob und Ehre und Anbetung für seine wunderbare Liebe und Hilfe, die er da ganz denkwürdig erwiesen hat.

Der Gebetszettel

Wir haben es immer wieder erleben dürfen, daß Chinesen, die sich vom Götzentum abwandten und an Christus gläubig wurden, einen großen Drang zum Beten hatten; aber aus Angst, sie könnten den lebendigen Gott mit ungebührenden Worten beleidigen, wünschen sie, daß man ihnen Anleitung gibt fürs Gebet.

Zuerst lehrt man sie ein Gebet aus einem Bibelwort oder einem Liedervers, mit dem sie den Namen Jesus anrufen können und auf diese Weise vertraut werden mit Jesus. Diese Gebete gibt man den Neubekehrten, die lesen können, mit nach Hause. So finden sich hier und dort in den Häusern der Gläubigen diese Gebete an der Wand befestigt.

Als nun die Kommunisten kamen, um den Ort und die ganze Gegend nach dem Christen Liao, von dem wir im vorangehenden Bericht gehört haben, zu durchforschen, geschah es, daß auch ein Kommunist das Haus einer erst kürzlich getauften Christin betrat. Bei der Frau hing auch ein Gebetszettel an der Wand. Sie bekam es aber mit der Angst zu tun und dachte, es könnte sie das Leben kosten, wenn der Häscher diesen Zettel erblickte. Rasch wollte sie das Gebet verschwinden lassen, als der Mann bereits den Wohnraum betreten hatte. Doch er kam der Frau zuvor, nahm ihr das Blatt ab und las das Gebet. „Ach, laß doch das hängen", sagte er darauf zur Christin, „das ist so schön zu lesen." Die Äußerung des Kommunisten traf das Herz der Christin. Sie war tief beschämt. „Ich bin in großer Gefahr gestanden, mit dieser Handlung meinen Heiland zu verleugnen", dachte sie und beugte sich sofort vor Gott.

So kann Gott eben auch einmal Feinde des Kreuzes gebrauchen, um uns zu beschämen. Wir brauchen uns ja gar nicht zu fürchten vor Menschen. Sie können uns keinen Schaden zufügen, wenn es der Herr nicht will. Wie gewaltig ernst und doch so tröstlich ist das Wort des Psalmisten:

„Der Herr ist mein Licht und mein Heil; vor wem sollte ich mich fürchten! Der Herr ist meines Lebens Kraft; vor wem sollte mir grauen!" (Ps. 27, 1.)

Die blinde Räubersfrau

Eines Tages kamen meine Bibelfrau und ich beim Besuchemachen zu einem Räuberhaus. Die Frau des Räubers war blind. Sie erzählte uns, daß sie früher gesehen habe; aber plötzlich sei sie von einer schweren Augenkrankheit befallen worden und habe nichts tun können. Sie habe viel Geld verbraucht, um sich von den Götzen helfen zu lassen; aber niemand habe ihr helfen können.

Wir durften der Frau von Jesus sagen und erzählten ihr auch von den großen Wundern, die er getan hat, wie sogar Blinde wieder sehend wurden. Wir durften der armen Heidenfrau bezeugen, daß dieser Jesus heute noch derselbe ist und heute noch Wunder tut, ja, daß wir selber schon oft Zeugen solcher Wunder waren. Wir baten sie, doch unsere Versammlungen zu besuchen, wo sie mehr von Jesus hören könne.

Unsere Freude war groß, als die Frau der Einladung Folge leistete. Ihr Mann hatte nichts dagegen, und sie brauchte ihn nicht zu fürchten. Sie freute sich an der Botschaft und nahm Jesus als ihren persönlichen Heiland und Retter an. Sie wurde ein fröhliches Gotteskind.

Eines Tages aber fragte sie uns: „Kann denn der Herr Jesus nicht auch meine Augen heilen?" — Ach, wie sehr bereute sie, daß sie in Unwissenheit so viel Verkehrtes gemacht hatte, um Heilung zu erlangen. —

Wir antworteten ihr: „Der Herr Jesus kann deine Augen auftun; aber sieh mal, es ist uns nicht gut möglich, jeden Tag ein paarmal zu dir zu kommen, um mit dir zu beten. Frage deinen Mann, ob du nicht zu uns kommen dürftest."

Der Räuber war sofort einverstanden, seine Frau zu uns zu bringen, weil ihm sehr daran gelegen war, seine Frau wieder ganz gesund zu wissen. Er freute sich, als er hörte, daß wir jeden Tag mit ihr beten wollten. Er hatte seine Frau sehr lieb, und als sie bei uns war, kam er jeden Tag, um sie zu besuchen und brachte ihr immer etwas mit, was ihr Freude machte. Teilnahmsvoll fragte er sie, wie's ihr gehe und versprach, am nächsten Tag wiederzukommen.

Wir beteten jeden Tag mit ihr und freuten uns, zu sehen wie glücklich und froh sie war im Glauben an Gott und wie kindlich sie daran festhielt, daß Jesus sie heilen werde.

Ich habe zum Herrn gefleht, mir genau zu sagen, wann er sie heilen wolle, damit ich ihr an diesem Tag die Hände auflegen könne und die Frau geheilt sein dürfe.

Da erzählte sie mir eines Morgens ganz erstaunt: „Missionarin, denk mal, was ich heute nacht für einen Traum hatte." — „Ja, was hat dir denn geträumt?" fragte ich erwartungsvoll. Ganz glücklich fuhr sie fort: „Der Herr Jesus stand an meinem Bett, schön weiß gekleidet, und fragte mich freundlich und liebevoll: ‚Willst du sehend werden?' — ‚O ja, bitte, Herr Jesus, mach du mich sehend', antwortete ich ihm, und dann trat er ganz nahe zu mir und nahm das Tüchlein, das immer auf meinen Augen liegt, weg, und dann war ich sehend." — Nun wußte ich also deutlich, daß Jesus eingreifen würde. Daraufhin sprach ich noch seelsorgerlich mit ihr, damit doch ja nichts dem Eingreifen Gottes im Wege stehen durfte. Sie bezeugte freudig, daß aufgrund des vergossenen Blutes Jesu alle ihre Sünden vergeben seien. Sie war sich nichts mehr bewußt, was sie noch nicht bekannt hätte.

„Glaubst du denn, daß der Herr Jesus dich heilen will?" fragte ich sie. — „Oh", entgegnete sie, „er macht meine Augen ganz gesund." — „Was glaubst du denn, wann dich der Herr Jesus heilen will", fuhr ich fort zu fragen. — „Gerade jetzt, gerade jetzt", gab sie überzeugt zurück. — „Gut", sagte ich, „dann beten wir alle für dich."

Rasch waren einige Bibelfrauen da, und wir beteten gemeinsam um Gottes Eingreifen. Anschließend sagte ich zur Patientin: „Ich werde dir jetzt die Hände auflegen und für dich beten und dir das Tüchlein wegnehmen, dann schaust du mich an."

Vorher konnte man ihre Augen überhaupt nicht sehen, da sie dieselben nicht öffnen konnte. Ich betete mit ihr und nahm unter Anrufung des Namens Jesu das Tüchlein weg. Da machte die Frau ihre Augen auf, und zwei große schöne Augen blickten mich erstaunt an. Sie lächelte und sagte: „Ich kann sehen."

Wir waren alle hoch beglückt und weinten vor Freude und dankten unserem großen Heiland, der so wunderbar geholfen hat.

Sie wußte, daß am Abend — wie jeden Tag — ihr Mann auf Besuch kommen würde und freute sich riesig, ihn überraschen zu können. Sie bat uns: „Bitte, sagt es ihm nicht. Ich möchte ihn überraschen." — Gerne erfüllten wir ihre Bitte und ließen uns nichts anmerken, als der Mann kam, nur daß wir alle ums Bett standen, um zu sehen, was für eine Reaktion die Überraschung beim Räuber auslösen würde.

Er trat an ihr Bett und gab ihr die mitgebrachte Birne und erkundigte sich sehr liebenswürdig nach ihrem Ergehen. „Danke", erwiderte sie, „es geht mir gut. Denk einmal, ich kann dich wieder sehen." Dann machte sie ihre schönen Augen auf und strahlte ihn an. — Der Mann erschrak so sehr, daß er am Bett zusammenbrach und ausrief: „Jetzt will ich nicht mehr länger Räuber sein. Ich will auch an den Gott glauben, an den du glaubst. Der möge mir helfen, daß ich ein anderer Mensch werden kann. Dein Gott ist der rechte Gott. Er ist der lebendige Gott. An den will ich jetzt auch glauben."

Welche Freude für uns, daß der Mann nun auch an Jesus glauben wollte. — Zwei glückliche Menschen kehrten nach

Hause zurück. Die Frau war ganz verändert, seit der große Arzt ihr die Augen geöffnet hatte.

Wir sagten Lob und Dank und rühmten das Blut Jesu Christi, des Herrn der Herrlichkeit. Preis sei seinem hochheiligen Namen.

Die erste Reise zu Pferd

Missionar Becker sagte eines Tages zu uns: „Ihr müßt jetzt reiten lernen, weil wir eine Strecke von drei Tagereisen zurückzulegen haben." — Drei Tagereisen weit und noch nie geritten! — Wir machten im Garten unsere ersten „Gehversuche" zu Pferd. Das gab ein Rufen und Jammern. Bei jedem Baum mußte man sich bücken, wenn sich nicht die Geschichte Absaloms wiederholen sollte. Langsam gewöhnten wir uns ans Reiten und lernten es immer besser.

Bald darauf mußten wir zu unserer langen Reise aufbrechen. Nach drei glücklich überstandenen Reisetagen kamen wir in eine andere Provinz, wo wir ein wenig zur Erholung bleiben durften. Nebenbei sollten wir die Arbeit dieser Missionsstation betreuen und Besuche machen. Es ging alles gut; aber bald merkten wir, daß wir zu wenig Kleingeld bei uns hatten, um die Leute zu bezahlen. Ohne Kleingeld kam man ja gar nicht aus.

Da fragte Bruder Becker: „Wer ist willig, wieder nach Yüanchow zurückzugehen und das Geld zu holen?" — Geld transportieren war keine einfache Sache. Es mußte Räubergebiet durchquert werden, und die Räuber kamen meistens, wenn sie Geld „witterten". Die Brüder sagten, sie hätten kaum Zeit. Also mußte eine von uns Schwestern gehen. Ich sagte zu einer Schwester: „Dann geh ich eben." Missionar Becker wollte kaum glauben, daß ich's wagte zu gehen, da es nicht einfach war. Ich sagte aber zu und versprach, sobald als möglich wieder zurückzusein.

Mit der Bitte um Bewahrung machte ich mich auf den Weg. Zuerst ging alles gut. Als ich aber zur Herberge — das heißt auf eine Außenstation dieser Gegend — kam, waren nicht mehr die guten, schönen Federbetten da, die wir vorher auf der Herreise vorgefunden hatten. Der Mann im Hause sagte: „Wir haben die alten Betten weggeschafft; aber ich werde dir eine Tür aushängen, dann kannst du auf der Tür schlafen."

Es war Sommerzeit und heiß, darum hatte ich nichts bei mir als nur ein Bettuch, keine Wattedecke oder sonst etwas, was ich als Unterlage hätte benützen können.

Ich hüllte mich also in mein Bettuch ein und schlief auf der ausgehängten Tür. Das war ein bißchen anders als vorher in dem schönen Federbett, wo alles so weich war. Der Chinese hatte mir keines seiner eigenen Betten gegeben, und ich war der vielen Wanzen und Flöhe wegen froh, daß er es nicht getan hatte; aber ich bekam meinen Rücken und vor allem mein Kreuz ziemlich zu spüren.

An der zweiten und dritten Station ging es mir nicht besser; aber trotzdem kam ich gut nach Hause. Ich kann ja zwar nicht gerade sagen, daß am dritten Tage das Reisen noch ein Vergnügen war. Da hat man bald nimmer gewußt, wo man seine Knochen hat. Auch das Pferd war das lange Reiten nicht gewohnt und hatte einen wunden Rücken vom Sattel. — Was sollte ich nur machen? —

Ich legte das Geld bereit, um baldmöglichst wieder zurückzureisen; aber das Pferd hatte trotz der Salbe, die ich aufstrich, einen so wunden Rücken, daß ich's nicht wagte, noch einmal drei Tage zu reiten. Ich dachte, es könnte vielleicht Wochen dauern, bis das Pferd wieder ganz geheilt sei. So blieb mir denn nichts anderes übrig, als eine Sänfte zu nehmen. Ich dingte Kulis und eine Sänfte und ließ das Pferd nebenher führen.

Auf einmal wurde ich angehalten. Jemand sagte zu mir: „Hier in diesem Gebiet ist es sehr unsicher. Du mußt Soldaten nehmen. Auf dem Wege sind Räuber." Ich dingte ein paar Soldaten und gab ihnen, wie das Sitte war, die Hälfte ihrer

Entschädigung. — Die andere Hälfte gab man erst, wenn man sie wieder entließ. —

Als wir in die Räubergegend kamen, sagten die Soldaten: „Wir begleiten dich nicht mehr weiter. Es könnte gefährlich werden für uns.“ — „Ich habe euch ja gedingt bis an meinen Bestimmungsort.“ — „Es geht nicht“, erwiderten sie, „gib uns jetzt unser Geld und laß uns gehen, es wird zu gefährlich für uns.“ — So etwas hatte ich noch nie erlebt, daß man Soldaten dingt zum Schutz gegen die Räuber und dann lassen sie einem im Stich, sobald sie ein bißchen Gefahr ahnen. — Die Soldaten verschwanden und ließen mich mit meinen Kulis allein durch die Gefahrenzone gehen. Ich betete inbrünstig, Gott möge seine schützende Hand über uns halten.

Im stillen wunderte ich mich, was wohl die Soldaten machen würden, da ich ihnen doch nur die Hälfte ihres Gehalts ausgehändigt hatte.

Als die Räubergefahr hinter uns lag, tauchten plötzlich die Soldaten wieder auf und versprachen, mich weiter zu begleiten. So etwas muß man erlebt haben. Das kommt nicht alle Tage vor. Zum Glück nicht! Ich konnte jetzt auch nicht sagen, daß ich ihnen kein Geld mehr gebe, und fortschicken konnte ich sie auch nicht mehr. Sie gingen von da an getreulich an meiner Seite bis zum Ziel; aber da war ja auch keine Räubergefahr mehr.

Ich habe wieder etwas lernen dürfen! Von Herzen dankte ich meinem treuen Begleiter und Beschützer in der Not, daß ich gut ankam mit dem Geld. Die Räuber hätten mir wohl nicht nur mein Geld abgenommen, sondern mich gerade damit als Geisel abgeführt.

Ach, was haben wir doch zu loben und zu preisen, daß sich der gütige, gnädige und barmherzige Gott in so liebevoller Weise um seine Kinder bemüht.

Ich kam glücklich an. Natürlich mußten die Geschwister lachen, als sie sahen, daß ich mit der Sänfte kam und mein

Pferd nebenher lief; aber sie hatten trotzdem Freude, daß alles gut gegangen war.

Gelobt sei des Herrn Treue, die alle Tage neu ist. Preis und Anbetung sei ihm, dem König der Ehren, dem Herrn der Heerscharen!

Mein Pferd wurde gestohlen

Mit dem Pferd war es ganz anders, auf Reisen zu gehen, als mit der Sänfte. Man konnte überall stehenbleiben und mit den Leuten reden, wogegen die Kulis froh waren, wenn sie mit der Sänfte möglichst bald am Bestimmungsort waren. Sie brauchten ja meist ein bis zwei Tagereisen, um die Außenstationen zu erreichen.

Zu dieser Zeit hatten wir es sehr schwer. Es war Krieg zwischen den Regierungstruppen und den Räubern. Endlich konnten die Regierungstruppen die Räuber in die Flucht schlagen. Als die Soldaten im Waisenhausstall mein Pferd sahen, meinten sie, das gehöre ganz gewiß dem Räuberhauptmann und nahmen es mit. Missionar Steybe war gerade dort und wehrte sich und sagte: „Das Pferd gehört unserer Missionarin, laßt es hier." — „Nein", erwiderten die Soldaten, „ein so schönes, gepflegtes Pferd kann nicht der Missionarin gehören. Das ist das Pferd des Räuberhauptmannes. Deshalb nehmen wir es mit."

Sofort ließ mir der Missionar durch einen Waisenjungen das Vorgefallene mitteilen und sagte mir auch, durch welche Gasse sich die Truppe mit meinem Pferd davongemacht hatte. Ich sollte versuchen, so schnell als möglich von der andern Seite meinem Pferd entgegenzukommen.

Ich betete, daß der Herr Jesus mir doch helfen möchte, daß mein Pferd mich kennt und daß die Soldaten glauben, daß es mir gehört.

Als ich von der andern Seite her die schmale Straße entlang kam, sah ich sie daherkommen mit meinem Pferd. Das

Pferd fraß die Grasbüschel, die es unterwegs in der Gasse fand. „Ach", dachte ich, „wie soll mein Pferd mich hören, wenn es frißt?" — „Herr Jesus, bitte hilf du, daß mein Pferd mich hört."

Ich rief ihm laut in chinesischer Sprache : „Male, komm!"

Sofort hielt mein Pferd den Kopf in die Höhe, und sobald es mich erblickte, begann es zu wiehern und hörte nicht auf zu wiehern, bis es bei mir war. Ich legte meinen Arm um seinen Hals und lehnte meinen Kopf an das Pferd und sagte laut in chinesisch: „Ja, da bist du ja. Das freut mich, daß ich dich wieder habe."

Die Soldaten verwunderten sich sehr und fragten: „Sag mal, ist das denn dein Pferd?" — „O ja", erwiderte ich, „ihr habt's ja gesehen; sonst wäre es nicht zu mir gekommen und hätte sich auch nicht von mir tätscheln lassen." — „Wenn es dein Pferd ist", entgegneten sie, „so nimm's nur mit."

Gott sei Dank dafür, daß ich mein Pferd auf so wunderbare Weise wieder erhalten habe. Er wußte ja, an wie viele Orte mich das Pferd noch hinbegleiten sollte ihm und mir zur Freude.

Gelobt sei der Herr.

Räuberüberfall zu Pferd

Einmal mußten wir in eine andere Provinz reisen, wo Amerikaner wohnten. Sie hatten Befehl erhalten, ihre Stationen zu verlassen und baten deshalb uns, doch auf ihre Station zu kommen, um uns zu erholen und dann auch die Arbeit nebenbei zu betreuen. Bruder Becker versprach es zu tun. Es kamen einige Geschwister mit auf die große Reise, von der ich bereits erzählt habe. Es war auch ein Bruder dabei, der neu von Deutschland gekommen war und noch nicht viel chinesisch verstand.

Als wir uns einigermaßen erholt hatten, sagte Bruder Becker zu mir: „Schwester Elisabeth, begleiten Sie bitte diesen

Bruder auf seiner Weiterreise. Er muß in eine angrenzende Provinz gehen, und Sie haben Ihren Dienst in der Nähe auf einer Außenstation, so könnt ihr gerade miteinander gehen. Es ist besser für den Fall, daß Räuber kommen. Der Bruder kann ja noch nicht chinesisch reden und könnte nicht mit den Leuten verhandeln."

Ich sollte also mit dem Bruder gehen, um ihn zu beschützen. Das konnte ich ja allerdings nicht, und die Gegend war sehr unsicher. Zum Glück kam aber noch der Prediger der Außenstation, um uns abzuholen. So konnten wir getrost zu dritt verreisen. Gemeinsam befahlen wir uns der bewahrenden Gnade Gottes anheim und ritten weg. Mein Pferd lief schnell und liebte es, vorauszugehen. Das andere, auf dem der neuangekommene Bruder ritt, war sehr wahrscheinlich ein Mühlenpferd, das nur vorwärts ging, wenn ein anderes vorauslief. — Der Reis wurde zu der Zeit noch mit Hilfe eines Pferdes gemahlen. — Vom Prediger der Außenstation merkten wir bald nichts mehr, da sein Pferd nicht so rasch lief.

Wir waren noch gar nicht lange unterwegs, als man von der entgegengesetzten Seite einen Toten daherbrachte. Ich fragte ganz entsetzt: „Wer ist das? — Warum ist er tot? — Wo ist er gestorben?"

Da erzählten mir die Leute, daß sie unterwegs von Räubern überfallen worden seien. Die hätten ihnen befohlen, den Reis, den sie auf den Markt tragen wollten, in das Räuberlager zu bringen. Nun habe sich dieser Mann, der Vater einer großen Familie sei, geweigert, dem Befehl der Räuber nachzukommen und sei daraufhin auf der Stelle erschossen worden. — Am frühen Morgen waren die Landleute froh weggezogen, um am Abend mit dem für sie so notwendigen Erlös nach Hause zu kommen — und nun trugen sie den toten Familienvater heim.

Das begegnete uns am Anfang unserer Reise! Mir wurde bange. Auf einmal merkte ich, daß mein Pferd immer unruhiger wurde, als wittere es Gefahr. Es begann zu zittern und zu schäumen. Das war der Beweis, daß Räuber in der Nähe waren. Mein Pferd hat das immer sofort gemerkt. Ich faßte es ganz kurz und schlang meine Füße so fest ich konnte um den Leib des zitternden und schäumenden Pferdes, denn ich hatte eine bange Ahnung und schrie zu Gott um Hilfe und Errettung. Dem Bruder hinter mir rief ich zu: „Bitte genügend Abstand von meinem Pferd." — Er rief zurück: „Wer kommt uns denn dort vorne entgegen?" — „Oh", erwiderte ich, „das sind Räuber." — „Was sollen wir tun", fragte er ganz entsetzt. „Sollen wir fliehen?" — „Nein", rief ich, „nur das nicht, sonst fliegt uns sofort eine Kugel nach." — „Was machen wir denn?" forschte er weiter. — „Beten und mitten hindurchgehen", antwortete ich entschlossen.

Es hätte auch gar kein Zurück mehr gegeben. Der Weg war schmal. Rechts ein Abgrund und links eine Felswand. Und gerade an dieser kritischen Stelle lauerten die Räuber! — Um die Wegbiegung sah ich sie kommen. Mein Pferd bäumte sich auf und versuchte, auf den beiden Hinterbeinen rückwärts zu gehen. Ich hing nur so an ihm und hielt es fest umschlungen mit Armen und Beinen. „Noch zwei Schritte rückwärts", ging es mir durch den Kopf, „und wir stürzen den steilen Abhang hinunter."

Aber Gott in seiner großen Liebe bewahrte mich vor dem Unglück. Es ist wahr, wie es in Psalm 34 heißt: „Der Engel des Herrn lagert sich um die her, die ihn fürchten, und hilft ihnen aus."

Als der Räuberhauptmann sah, in welcher Gefahr ich mich befand, rannte er herbei und faßte mein sich immer noch bäumendes Pferd am Zügel und zog es auf alle viere herunter. Wie wunderbar, daß Gott gerade den Räuberhauptmann gebrauchte, um mir zu helfen.

Sofort bedankte ich mich ganz höflich und sagte: „Ich danke Ihnen, Herr Hauptmann, daß Sie mir und dem Pferd geholfen haben." — „Dein Pferd muß sehr erschrocken sein", gab er höflich zurück. „Mein Pferd erschrak, als es euch sah", fuhr ich fort. „Oh, dann will ich es an der Truppe vorbeiführen“, versprach der Räuberhauptmann höflich.

Die Räuber standen mit ihren Mordwaffen Spalier und verwunderten sich, daß ihr Hauptmann mich so ohne weiteres an ihnen vorbeiführte. Ich nickte jedem freundlich zu, einmal links, einmal rechts, und sagte: „Danke schön.“ — Als wir an den Räubern vorüber waren, fragte mich der Hauptmann: „Wo willst du hin?“ — Am liebsten hätte ich nichts gesagt, weil ich nicht wußte, ob irgendeine böse Absicht hinter der Frage steckte, und doch blieb mir nichts anderes übrig, als es zu sagen. „Ich will nach Ueping gehen“, erklärte ich ihm. „Oh, dann kannst du unbesorgt sein“, entgegnete er, „der Weg dorthin ist sehr gut. Wir haben die Räuber vertrieben.“ — „Glaube das, wer will“, dachte ich bei mir selber und bedankte mich höflich für seine Hilfe und bat ihn, den Mann, der hinter mir nachkomme, auch passieren zu lassen, da wir den gleichen Weg zu gehen hätten. — „Ja, ja, der kann auch mitgehen“, versicherte er. — Und weiter ging die Reise.

Mein Pferd war schrecklich aufgeregt und recht nervös geworden, weil dieser gefürchtete Mann es am Zügel geführt hatte. Sobald es sich frei fühlte, war es nicht mehr zu bändigen. Es galoppierte auf und davon, zwei Stunden lang, wie ein zu Tode gehetztes Wild, bis es auf der Außenstation im Stall stand. All mein Rufen und Besänftigen half nichts. Ich wurde zwei Stunden lang auf und ab geschleudert, daß ich am Ende nicht mehr recht wußte, wo meine Knochen waren.

Das war der schwerste Ritt, den ich je mitmachte. Mein Pferd war ganz durchnäßt und konnte sich erst in der Geborgenheit des Stalles langsam wieder beruhigen.

Als nächster kam der junge Bruder an, und gemeinsam warteten wir auf die Ankunft des Predigers, der endlich ganz schweißtriefend und sichtlich erleichtert absprang, als er uns erblickte: „Gott sei Dank, ihr seid schon da, ihr seid am Leben!“

Da fragte ich ihn, ob er denn etwas erlebt oder gesehen habe auf dem Wege. „Ja, habt ihr denn nichts gesehen?" fragte er erstaunt. Ich gab ihm keine Antwort und fragte ihn nochmals ganz verwundert, was er denn gesehen habe. „Es sind Räuber auf dem Weg gewesen, und als ich das sah, überkam mich plötzlich eine große Angst um euch, da ich euch nirgends mehr erblickte. Sofort schoß mir der Gedanke der Entführung durch den Kopf, aber Gott Lob und Dank seid ihr ja hier."

Er fiel auf die Knie und dankte dem Herrn unter Tränen für unsere Errettung. Sofort knieten wir auch nieder und stimmten mit in das Lob Gottes ein und dankten für seine wunderbare Bewahrung. Wie deutlich zeigte uns der Herr wieder, daß Menschen nichts tun dürfen, was er nicht zuläßt, ja, daß sogar ein Räuberhauptmann helfen mußte, daß ich vor einem Unglück bewahrt wurde.

„Wir preisen deine Allmacht, Güte und Barmherzigkeit, du großer Gott und mächtiger Herr, du Sieger von Golgatha, du Held, der den Feind besiegt hat. Gelobt seist du in Ewigkeit."

Dieser Räuberüberfall war einer der schwersten; aber ich war oft in Gefahr unter Räubern. Ich könnte auch fast einstimmen mit Paulus, wenn er in 2. Korinther 11 schreibt: „Ich bin oft gereist, ich bin in Gefahr gewesen durch die Flüsse, in Gefahr durch die Mörder ..." Und doch durfte ich des Herrn wunderbare Bewahrung immer wieder erfahren. Er hat mich durchgetragen bis zum heutigen Tag. Ihm sei Lob und Dank dafür.

Der Torhüter von Chien-yang

„Und sie brachten zu ihm allerlei Kranke, mit mancherlei Seuchen und Qual behaftet, die Besessenen, die Mondsüchtigen und die Gichtbrüchigen; und er machte sie alle gesund" (Matth. 4, 24).

Einmal durfte ich eine Reise machen in ein benachbartes

Gebiet, um unsere Geschwister zu besuchen. Da kam ich unterwegs in ein Versammlungshaus. Ich wurde von zwei alten, gebrechlichen Leutchen empfangen. Es war ein armer Torhüter mit seiner Frau. Trotzdem die Frau fast nichts mehr sah, las sie in der Bibel und konnte zu meinem Erstaunen sehr schnell lesen.

Am nächsten Tag sollte ich in dem Haus die Versammlung halten.

In der Nacht wachte ich plötzlich auf und hörte eine Stimme laut reden. „Ich weiß gar nicht, was da los ist“, dachte ich noch halb benommen, doch da hörte ich die Stimme des Torhüters. Ich blickte auf meine Uhr und sah, daß es zwei Uhr war. „Was mochte nur der Torhüter morgens um zwei Uhr schon so laut und eindringlich reden?“ verwunderte ich mich und strengte mich an, etwas von dem zu verstehen, was durch die Wand an mein Ohr drang. Nach langem Zuhören merkte ich, daß der Mann betete. Als er amen gesagt hatte, betete seine Frau weiter. — Ich war richtig beschämt. Beten die gebrechlichen Leutchen um zwei Uhr für die Rettung von Menschenseelen! „Wenn die zwei schon so früh mit ihrer Fürbitte beginnen, dann muß in der Versammlung etwas geschehen“, dachte ich.

Die brennende Liebe der beiden konnte nicht fruchtlos bleiben. — Da hätten noch viele Diener des Herrn Wertvolles zu lernen!

Lange bevor die Versammlung begann, kamen die ersten, um sich in stiller Andacht zu sammeln. Zuerst kam eine Frau mit strahlendem Gesicht. „Was sind das hier wohl für Gotteskinder“, dachte ich freudig überrascht; „die strahlen ja noch viel mehr als die bei uns.“ — Ich grüßte die Ankommende freundlich und fragte, wie es ihr gehe. — Sie erzählte mir ganz spontan, daß sie eine besessene Frau gewesen sei, daß Teufel in ihr gehaust hätten; „aber die zwei da“ — sie deutete auf das Torhüterehepaar — „haben mich durchgebetet; deshalb bin ich so glücklich. Ich habe Vergebung meiner Sünden und bin frei von Satans Macht. Der

Teufel ist ausgefahren. Ich bin aber nicht allein glücklich. Du wirst es gleich sehen; es kommen noch viele andere!"

Das kann ja nicht verborgen bleiben, wenn Besessene frei werden. Das Zeugnis dieser Frau muß ansteckend wirken und besonders ansteckend für solche, die in ähnlicher Not sind und leiden unter Satans Macht.

Wieder betrat jemand mit einem strahlenden Angesicht den Raum. Ich grüßte höflich und fragte nach dem Ergehen. Auch hier erhielt ich eine ähnliche Antwort.

Es kamen noch viele von diesen Extraglücklichen, die einmal Besessene, Verlorene, Verirrte gewesen waren. Von allen durfte ich bestätigt finden, daß sie die Frucht des Torhüterehepaars waren.

Da saßen sie vor mir, die beiden alten, armen, schwachen, gebrechlichen Leutchen. In Gottes Augen waren sie Fürsten mit Priesterherzen. O daß es noch viele solche gäbe!

Jetzt verstand ich, warum alle Anwesenden solches Glück und solchen Frieden ausstrahlten. — Es war die Macht des Gebets der beiden Treuen, die sich für die ganze Gemeinde verantwortlich fühlten und jede Nacht um zwei Uhr aufstanden, um Gottes Arm zu bewegen.

War das eine Freude, den Erwartungsvollen die Botschaft zu bringen. Es wurde mir ganz neu wieder bewußt, was Jesus seinen Jüngern sagte: „Sehet, ich habe euch Macht gegeben, zu treten auf Schlangen und Skorpione, und über alle Gewalt des Feindes; und nichts wird euch beschädigen" (Luk. 10, 19).

Also, hier in der Nähe von Hung-kiang durfte wieder ein Stück Apostelgeschichte neu aufleuchten. Welch ein Wunder, wenn Besessene von ihren Banden frei werden dürfen. Und alle haben es bezeugt: „Die zwei haben uns durchgebetet."

In der nächsten Nacht wurde ich wieder um zwei Uhr geweckt durch die Stimme der unablässigen Beter. Ich sah im Geiste all die strahlenden Gesichter vor mir, die durch den

Dienst des Torhüterehepaars Jesus als persönlichen Heiland erleben durften.

O wie wunderbar ist doch unser Heiland, der sein Leben für die ganze Menschheit dahingegeben hat am Kreuz auf Golgatha, der sein Blut vergossen hat zur Vergebung der Sünden, „auf daß alle, die an ihn glauben, nicht verloren werden, sondern das ewige Leben haben". Wie werden wir einmal in der Herrlichkeit überrascht sein, wenn wir unter den Seligen solche antreffen, die zu den am schwersten Gebundenen gehörten. Ja, Jesus ist gekommen, um Gebundene frei zu machen, und das hat er getan.

„Lob und Ehre und Preis und Dank sei dir, dem Höchsten, in Ewigkeit."

Der Soldat mit einem Bein

„Ihr werdet die Kraft des Heiligen Geistes empfangen, welcher auf euch kommen wird, und werdet meine Zeugen sein ..." (Apg. 1, 8).

Es war zur Zeit des Krieges. Tausende von Menschen mußten ihre Heimat verlassen und mit dem Notdürftigsten flüchten, um irgendwo eine neue Heimat zu finden. Viele klopften bei uns an, die eine Reise von 50 Tagen hinter sich hatten. Sie hofften, im Inland eine neue Existenz aufbauen zu können. Die meisten trugen ihr Bett auf dem Rücken mit, da sie oft nicht wußten, wo sie sich schlafen legen konnten. So kam eines Tages auch ein armer Mann mit seiner Frau. Er hatte als Soldat auf dem Schlachtfeld gedient und dabei ein Bein verloren. Im Krankenhaus, wo er lange Zeit zu verbringen hatte, durfte er von Jesus hören und Christus als persönlichen Heiland finden und erleben.

Als er aus dem Spital entlassen wurde, mußte er auch flüchten mit seiner Frau. Er ging an Krücken und trug sein Bett und das Bett seiner Frau auf dem Rücken und dazu noch viele Traktate.

Das war nämlich so: Sobald er gläubig geworden war, begann er von Jesus zu zeugen. „Gott sei Dank, daß ich mein Bein verloren habe", pflegte er den Leuten zu sagen. — „Was", fragten sie ganz verwundert, „du dankst Gott, daß du nur noch ein Bein hast. Das ist doch nichts zum Danken." — „O doch", erzählte er unbeirrt weiter; „hätte ich mein Bein nicht verloren, so wäre ich nicht ins Krankenhaus gekommen. Und wenn ich nicht ins Krankenhaus gekommen wäre, dann hätte ich wohl Jesus nicht als meinen Heiland und Retter erleben dürfen." Auf diese Weise hat er vielen von Jesus sagen können und unter seine Zuhörer Traktate verteilt.

Seine Frau war noch nicht gläubig und konnte es fast nicht verschmerzen, daß er lieber einen Stoß Traktate mit sich nahm als ihre schönen Kleider, um die sie so besorgt war.

Er sagte zu ihr: „Zieh an, soviel du kannst, und um den Rest bekümmere dich nicht. Wenn wir einmal an einen Platz kommen, wo wir bleiben können, kaufe ich dir ein Schweinchen, das du großziehen kannst, und dann kaufe ich dir neue Kleider; aber jetzt, wo so viel Herzeleid und Not ist und so viele Menschen sterben durch den Krieg, muß ich doch alles versuchen, um sie zu Jesus zu führen. Das ist das einzige, das ihnen hilft."

Trotzdem er selbst noch nicht getauft war — er war Taufbewerber —, hat er unterwegs von Jesus gezeugt und Blätter verteilt, sooft sich ihm eine Gelegenheit dazu bot.

Wenn er alle seine Traktate verteilt hatte, suchte er nach einer Evangeliumshalle, um neue Schriften aufzuladen. Die Frau war nicht zufrieden mit ihm und mochte auch nicht zuhören, wenn er mit den Leuten sprach.

So kam das Ehepaar nach 50tägiger, beschwerlicher Wanderschaft in unsere Stadt. Sie kamen zu uns. Des Mannes Freude war groß, als er hörte, daß wir ihn gerne weiterunterrichten wollten in Gottes Wort. Er war wirklich ganz für seinen Heiland da, ein liebes Gotteskind.

Er hatte seine Frau auch sehr lieb, erzählte ihr viel von Jesus, trotzdem sie nicht hören wollte, und kaufte ihr ein

Ferkel von dem Geld, das er sich durch Verrichten kleiner Arbeiten verdienen konnte.

„Sobald das Schweinchen groß ist, verkaufen wir es, dann kriegst du deine Kleider wieder; aber jetzt mußt du auch einmal zuhören, wenn ich dir von Jesus erzähle. Ich rede ja nicht von mir selber, ich sage dir vom Sohn Gottes, von welchem Gott gesagt hat: ‚Den sollt ihr hören!'" (Matth. 17, 5).

Die Frau begriff nicht so recht, um was es ging. Sie meinte, in der Bibel stehe geschrieben, sie müsse ihrem Mann zuhören. Nun hat sie sich also wirklich Mühe gegeben, auf ihren Mann zu hören. Es ging lange, bis sie entdeckte, daß ihr Mann nicht sich meinte, wenn er ihr von Jesus sagte. Endlich konnte sie die Botschaft fassen und wurde gläubig. Und zwar war sie erst von da an ganz bei der Sache, als das Schwein verkauft werden konnte und sie wieder neue Kleider bekam.

Sie wurde eine eifrige Taufbewerberin, und erst jetzt sah sie nach und nach, daß ihr Mann ja gar nicht anders hätte handeln können, als sie von zu Hause weg flüchten mußten. Sie durften dann zu unserer großen Freude beide miteinander getauft werden.

Oh, wir haben so viel zu danken für alle, die auch in schwierigen Situationen gläubig und Jesu Eigentum geworden sind.

Die Flucht nach Mayang

Als in unserer Provinz der Krieg ausbrach und eine neue Regierung kommen wollte, hatten wir es schwer. Dazumal war eine Amerikanerin bei uns, und für die war's besonders schwer, da sie in Gefahr war, gefangengenommen zu werden. Aus diesem Grunde beauftragte mich der Missionar, mit ihr nach Mayang zu reisen. Die Aussicht, durch Räubergebiet reisen zu müssen, war eher bedrückend als erfreulich, und doch — in Mayang wäre die Amerikanerin sicher gewesen. Ich erhielt aber im Gebet den Auftrag vom Herrn, nicht nach

Mayang zu gehen. So betete und flehte ich: „Herr, dann mach du's möglich, daß ich nicht zu gehen brauche."

Da kam der Sonntag, und wir waren noch immer da. Wieder betete ich: „Herr Jesus, sag mir ganz klar, was ich tun soll, und hilf mir." — Ich wußte, daß ich nicht gehen sollte; aber ich konnte mich meines Auftrags nicht ohne göttliches Eingreifen entledigen.

Vor Gottesdienstbeginn schrieb der Prediger auf die Tafel das Thema der Bibelstunde: „Puh-chü." Ich war ganz verwundert, als ich das Thema las, wußte ich doch, daß der Prediger nichts ahnte von meinem inneren Kampf. „Puh-chü" heißt nämlich auf deutsch „nicht gehen". Die ganze Stunde redete er über die zwei Worte „nicht gehen". Er hatte dazu allerlei Beispiele aus der Heiligen Schrift herausgesucht, wo Gott Menschen befohlen hatte, nicht zu gehen. Ich wußte es also ganz klar, was ich zu tun hatte; aber wie sollte ich mich meinem Vorgesetzten gegenüber verhalten? Ich hatte den Auftrag, etwas zur Rettung dieser Schwester beizutragen. Da man mit einem baldigen Kommunisteneinfall rechnen mußte, sollte die Schwester unsere Stadt baldmöglichst verlassen können. Ich wußte nicht, was ich tun sollte.

Jesus griff nicht ein, und ich sollte mich nun also auf den Weg begeben. „Herr Jesus, du siehst, daß ich gehen muß. Ich muß ja gehorchen, und doch weiß ich, daß du mir gesagt hast, ich soll nicht gehen. Ich möchte dir nicht ungehorsam sein. Bitte, gib mir ein Gotteswort und bewahre du mich, wenn ich trotzdem gehen muß." Da erhielt ich das Wort aus Hosea 2, 3: „Sagt euren Brüdern, sie seien mein Volk, und zu eurer Schwester, sie sei in Gnaden." — O wie war ich beglückt. Jetzt wußte ich also, daß ich in Gnaden war. Er hat mir vergeben, wenn ich jetzt doch gehen mußte. So machte ich mich also getrost auf den Weg. Innerlich war ich mir aber bewußt, daß Gott nicht ohne Grund gesagt hatte: „Puh-chü." Da konnte es sehr ernst werden. Der Missionar wollte mit seiner ganzen Familie nachkommen, um sich mit uns in Sicherheit zu bringen. Er bat uns, bei unserer Ankunft in Mayang die Küche instand zu stellen und alles zu richten, daß man sich dort aufhalten könne.

Gott hat auf der Reise seine bewahrende Hand über uns gehalten, und wir kamen wohlbehalten in Mayang an. Wir waren gerade damit beschäftigt, die Wohnung wieder einigermaßen instand zu stellen, als uns die Nachricht erreichte, wir sollen *sofort* zurückkommen. Mayang sei in großer Gefahr. Das also hatte der Herr schon vorher gewußt, darum wollte er uns zurückhalten. Sofort wurden uns Sänften geschickt. Am nächsten Tag haben wir uns früh auf den Weg gemacht; aber es war eine außerordentlich gefährliche Sache. Auf der einen Seite waren die vorrückenden Kommunisten, auf der andern die lauernden Räuber. Ohne Soldatenbegleitung durften wir nicht reisen. Es kostete viel Geld; aber wir mußten sofort handeln. Durch Gottes Gnade konnten wir ohne Zwischenfall die Station wieder erreichen. Der Herr hat uns gnädig angesehen und hat seine Barmherzigkeit walten lassen.

Als wir zurück waren, hörte ich, daß jemand sagte: „Man hätte der Schwester gehorchen sollen."

Nicht lange, nachdem wir die Stadt verlassen hatten, kam die Nachricht, Mayang sei in kommunistischen Händen. Wir wären dort sofort gefangengenommen worden; aber der Herr hat es nicht zugelassen.

Durch das Geschehnis lernten wir, daß es keinen andern Weg gibt, als dem Herrn unbedingt und sofort zu gehorchen. Alle die erfahrenen Nöte sollten ja helfen, weiterzukommen im innern Wachstum.

Wir priesen den Herrn, der uns so wunderbar errettet hat. Wie froh und dankbar waren wir, dem Herrn weiter dienen zu dürfen. Ich habe meinem Heiland noch besonders gedankt für das trostreiche Wort, das er mir gegeben hatte. Es tut mir noch heute wohl, wenn ich daran denke. „Sagt zu eurer Schwester, sie sei in Gnaden." — Ach, wie herrlich, daß ich täglich von dieser Gnade leben darf.

„O du herrlicher Heiland, du liebreicher Heiland, Anbetung und Preis und Lob und Dank sei dir. Amen."

Nachwort

Wie ich dazu gekommen bin, meine Erlebnisse zum Schreiben weiterzugeben

Schon vor Jahren wurde ich gebeten, niederzuschreiben, was ich mit meinem Heiland erlebt hatte; aber stets erwiderte ich: „Ich habe keinen Auftrag."

Ungefähr vor drei Jahren wurde ich oft von Lieben, die meine Erlebnisse in Missionsstunden hörten, gedrängt, dieselben aufzuschreiben, damit sie vielen als Glaubensstärkung dienen könnten.

Daraufhin fragte ich den Herrn, ob all die Bitten von ihm seien oder nicht. Wenn es sein heiliger Wille sei, daß ich schreibe, dann solle er so freundlich sein und es mir ganz klar zeigen.

Er antwortete mir, daß er mich dreimal hintereinander durch Menschen darauf aufmerksam machen wollte, wenn ich die Geschichten aufschreiben solle.

Nun hielt ich zu jener Zeit die Hausandachten in einem Erholungsheim und erzählte im Zusammenhang mit dem Bibeltext eine Begebenheit aus China. Da sagte nachher ein Gast zu mir: „Schwester Elisabeth, das müssen Sie unbedingt aufschreiben, und wenn sie es nicht mehr schreiben können, dann sprechen Sie's auf Tonband."

Etwas später sagte zu meinem großen Erstaunen die Tochter des Hauses zu mir: „Schwester Elisabeth, wenn im nächsten Winter das Haus geschlossen wird, dann nehme ich keine Arbeit an wie sonst; ich habe ein Tonband bestellt, auf das Sie während Ihres Aufenthaltes hier Ihre Erlebnisse sprechen können; dann will ich diese im Winter abschreiben und korrigieren." Sie wußte aber nichts von dem, was mir der Gast gesagt hatte. So nahm ich ihr Angebot als zweite Antwort aus Gottes Hand entgegen, war aber innerlich beunruhigt darüber, ob es wirklich sein Wille sei, daß sie es schreiben und korrigieren sollte. Das Tonbandgerät kam dann erst am letzten Tag meines Aufenthaltes an und war defekt. Somit hatte ich klare Weisung.

Während einiger Zeit blieb alles wieder still liegen, und ich wagte es nicht, aus eigener Initiative die Angelegenheit in die Hand zu nehmen.

Als ich einmal eine große Konferenz in der Schweiz besuchte, sagte der Bruder, der mich hingeführt hatte, auf dem Heimweg zu mir: „Tante Elisabeth, hast du dein Testament schon gemacht?" Erstaunt über diese Frage sagte ich ganz fröhlich lachend: „Nun ja, ich habe mein Testament gemacht, als ich das erste Bett mit Matratzen mein eigen nennen durfte. Ich fühlte mich reich, als ich es erhielt, denn in China schlief ich auf einem Strohsack." Der Bruder aber entgegnete mir: „Ich meine ja gar nicht dieses Testament. Sag, willst du eigentlich alles, was dich Gott hat erleben lassen, mit dir ins Grab nehmen? Sollen die Nachkommen nichts mehr davon haben?" Das war also die dritte Antwort vom Herrn. Ich wußte im Moment gar nichts darauf zu antworten. Später sagte ich zu dem Bruder: „Du hast's getroffen!"

Deutlicher hätte es mir nicht gesagt werden können. Nun aber beschäftigte mich noch etwas. Ich konnte mich doch nicht einfach ans Schreiben machen, ohne daß ich die Zustimmung von seiten der Missionsleitung hatte; aber auch dieses Anliegen legte ich in Gottes Hand. Er, der mich so wunderbar durch mein Leben geführt hat, konnte auch diese kleine Sorge ohne weiteres beheben. Ich wollte aber selbst gar kein Wort sagen, sondern still warten, bis der Herr eingriff.

Bald darauf feierten wir in Liebenzell Jubiläum, wo ich mit meinen 50 Dienstjahren auch dabeisein durfte. An der Feier wurde ich aufgefordert, von Herrn Pfarrer Coerpers Mantel zu erzählen (siehe „Schweizerreise", Bändchen I). Als ich schloß, riefen die beiden anwesenden Herren Pfarrer wie aus einem Munde: „Schwester Elisabeth, aufschreiben, aufschreiben, das gibt ein Buch!"

Nun hatte ich also eine offene Tür. Alle Hemmungen fielen weg. Es war der Herr, der mir den Auftrag gegeben hatte, von meinem Gotterleben zu erzählen und mein „Testament" zu machen. — Es geht ja bei der ganzen Sache nicht um mich, sondern um IHN!

Ich wußte aber nicht recht, wie ich die Aufgabe anpacken sollte. Mit meinen Augen wurde es immer schlechter und wenn ich schon noch die Erlebnisse ganz klar vor mir hatte, so wußte ich nicht, ob ich sie hätte aufschreiben können, da meine Kräfte langsam abnahmen. Der Bruder, der mir die Frage wegen meines Testaments gestellt hatte, schlug mir vor, für einige Zeit in die Schweiz zu kommen und bei ihm zu Hause, wo ich ja fast jedes Jahr bei seinen Eltern einen erholsamen Ferienaufenthalt hatte, die Erlebnisse aufs Tonband zu sprechen. Er würde mir behilflich sein und das Abschreiben und Korrigieren übernehmen.

Ich sah dieses Angebot als einen Wink Gottes an und begab mich also in die Schweiz, wo ich viele von meinen Erlebnissen auf Tonband sprach.

Es war keine leichte Aufgabe, die Geschichten vom Tonband weg zu übertragen und so zu überarbeiten, daß sie möglichst natürlich und doch gut lesbar gedruckt werden konnten. Ich möchte jedenfalls dem Bruder und seiner Frau und allen, die bei der großen Arbeit mitgeholfen haben, ganz herzlich danken.

Noch eines ist mir aufs Herz gebunden worden zu sagen. Wenn meine Geschichten vielleicht bei diesem oder jenem Leser den Eindruck erweckt haben, als wäre ich immer den Gehorsamsweg gegangen und als hätten sich mir alle Wünsche erfüllt, dann möchte ich es nicht unterlassen zu sagen, daß in meinem Leben viel Zukurzkommen, viel Mängel und Gebrechen waren. Ach, wie oft bin ich nicht den Gehorsamsweg gegangen; aber mein lieber himmlischer Vater hat mich in seiner Güte immer wieder zurechtgewiesen. Einmal ließ er mich eine Steintreppe hinunterfallen, und ein andermal ließ er mich einen Finger brechen in China draußen, wo weit und breit keine ärztliche Hilfe zu finden war.

„Und die Geduld des Herrn achtet für eure Seligkeit ..."
2. Petrus 3, 15

Wie oft habe ich meinem Herrn innig gedankt dafür, daß er mich in seiner großen Geduld nicht verworfen hat, da ich ihn doch so oft betrübt habe mit meinem Eigenleben. Gott hat mir gezeigt, daß er mich durch Römer 7 hindurch auch von meinem frommen Ichleben befreien wollte. — Niemand kommt nach Römer 8, 1, der nicht Römer 7 passiert hat. In Römer 8, 6a, 7a und 8 erkannte ich erst recht meine Grundverdorbenheit; aber der Herr hat sich meiner erbarmt und auf meinen Schrei von Römer 7, 24 gehört, so daß ich ihm in Ewigkeit danken darf für seine herrliche Erlösungs- und Vergebungsgnade.

Wenn Gottes Erziehungswege mich auch oft bittere Tränen kosteten, so weiß ich doch, daß es sich gelohnt hat. — „Alle Züchtigung aber, wenn sie da ist, dünkt uns nicht Freude, sondern Traurigkeit zu sein; aber danach wird sie geben eine friedsame Frucht der Gerechtigkeit denen, die dadurch geübt sind" (Hebr. 12, 11).

So ist mein Gebet, daß die hier wiedergegebenen Erlebnisse nicht bloß ein Dokument aus alten Missionszeiten sind, sondern daß die lieben Leser angespornt werden, ihrem Gott ganz und alleine zu vertrauen und dabei erfahren dürfen, daß Jesus heute noch ebenso real und gegenwärtig ist wie ehedem. Ja, unserem hochgelobten Herrn sei Lob und Preis und Anbetung bis in alle Ewigkeit! „Alles wechselt, Jesus nimmer; Ehre seinem Nam'!"

Elisabeth Seiler

Herr, du hast Großes an uns hier getan!
Jubelnd im Staube wir beten dich an;
preisen die Macht deiner Gnade vereint,
du, unsrer Seele getreuester Freund!

Du, deiner Kinder gekrönetes Haupt,
zeigst ohne Hülle dich jedem, der glaubt;
wandelst im Kreise der Deinen allhier,
daß jeder selig dich nahe verspür.

König der Herzen, du hast uns erkauft
und uns mit Geist und mit Feuer getauft.
Nimm uns denn alle mit Leib und mit Seel,
dein sind wir ewig, Immanuel!

Zieh durch die Lande, o Heiland der Welt!
Beuge, was dir sich entgegen noch stellt!
Wecke die schlafenden Sünder in Eil,
der Lohn deiner Schmerzen werd voll dir zuteil!

Herrlichkeit dir, Jesus, allein!
Alles, was Odem hat, stimme mit ein:
Herrlichkeit Jesu, ja, Jesu allein!

E. Ruprecht

*„Jesus Christus gestern und heute
und derselbe auch in Ewigkeit."
Hebräer 13, 8*